「坊っちゃん」

―夏目漱石の世界―

竹本公彦
Takemoto Kimihiko

風詠社

はしがき

『坊っちゃん』は漱石の作品では、初期のものに属する。『それから』以後の男女の深刻な三角関係や他の恋人を奪い取る作品の萌芽が見られるが、主人公がそれによって深刻に悩むシチュエーションはない。

さて、漱石はこの作品で一つの実験を試みている。それは女性の描写である。この小説の主要な女性の登場人物は「清」と「マドンナ」だ。

清は主人公宅の下女で相当な年配だ。容姿も男性から騒がれるほどではない。だが、主人公に対して私心なく献身的に尽くす。両親から疎んじられて育った彼には、育ての親と言っても差し支えない。漱石の所謂「則天去私」を体現している人物と言ってよい。

マドンナは容姿端麗で世間で話題に上るほどの若い女性だが、惜しいことに性格に難点がある。婚約者の「うらなり君」の家が没落するや、これを捨てて将来豊かな生活が望める「赤シャツ」に乗り換えるという今時のドライな性格だ。それゆえ、美貌は称えられるが、人柄を含めると評判は芳しくない。

漱石はこんな二人の女性を読者の前に差し出して、「どちらでもお好きな方を」と選ばせるのだ。作者はこの作品で、所謂、女性描写の実験をしているように思える。


『坊っちゃん』には、読後感に深刻さがない。

漱石の小説の中では最も読みやすい作品だろう。それゆえ、ベストセラーになっている。書かれて、百年以上もたっているのにだ。ただ注意を要するのは、ストーリーは軽快だが作品の中で展開されている作者の思想、宗教、芸術、文明思想は格調の高い本格的な内容になっている点である。漱石は初期の作品の中では人物描写に手を抜いているわけではないが、哲学や文明批評に関心が深く、主人公などの登場人物を通して漱石自身の思想を多く語らせている。

この『坊っちゃん』にも、宗教と教育が論じられている。主人公の職業が教師であるから、同僚の「山嵐」に漱石自身の教育論を職員会議の場で語らせている。宗教について言えば、主人公と清の関係は明らかに宗教的だ。この点については、本論の中で詳細に論じるつもりだ。

『坊っちゃん』の背景、即ち場所と時代の設定は漱石の体験に基づくものだろうが、人物の設定は虚構である。漱石の東京と松山中学時代、周囲にいた人物を大きくデフォルメしてある。読みやすくするためにそうしたのだ。ストーリーは一見、通俗的で特に漱石の小説が放つ非凡なものはないように見えるが、小説の構成と登場人物のキャラクター及び哲学、思想の創造に作者の工夫が凝らされている。

主人公の「坊っちゃん」は、現実ではほとんど見かけないほど、その行動と思考がパターン化されている。竹を割ったような気性、表裏のない性格は、清だけでなく読者もまた喜びそうな人柄に作ってある。単純明快という四字熟語がぴったりと当てはまるような人物だ。このような人物は我々の身近にいそうにみえて、現実には極めて少ないのではないか。四国の中学に奉職する動機も辞める要因も潔すぎて「?」と思う読者は多いだろう。

さて、この小説の素晴らしい点はどこにあるのか。

やっぱり、主人公と清の純粋で美しい人間関係ではないだろうか。坊っちゃんと清との人間関係は、この姿婆で持つことのできる最も理想的なものだと考えるが、こんな純粋な穢れのない、一点の瑕疵もない関係が現実にあるのかと考えると、ほとんど見かけまい。坊っちゃんと清が描かれているからこの小説は光り、読者の心を百年以上わしづかみし続けているのだ。

漱石の履歴を見ると、家庭環境の人間関係に恵まれていたとは言えない。だからだろうか、主人公と父母、兄との描写の中に、作者自身の家族関係の不幸の影を見て取れる。これに反して主人公と清との関係は、作者の求めていた理想の人間関係ではないだろうか。

今回『坊っちゃん』という作品の内容についてコメントするにあたり、主人公と清の人間関係に焦点を当てた。この小説を時系列で分析すれば、主人公の少年時代、主人公が清のいる東京を離れて四国の中学校に奉職していた時代、そして、二人が再会した後の三つの時期に分けられる。四国時代の清との関係は手紙の往復のみであるが、この手紙の中で漱石は二人の人物像を上手く描き読者を納得させる。

四国の中学校を辞して帰郷し、清と再会してから清の死による別離までの時間の描写は短いが、内容は濃い。

仏教では「人生は苦なり」と説く。禅の影響を強く受けた漱石は、主人公が清と離れて苦しむ時期の描写を長く、再会後に同居して送る幸せな人生をさらっと短く描いて終わる。だが、漱石は二人の関係を理想的に濃密に描く。最後の五行の描写は読者の涙を誘う。この小説の非凡なところであり、仏教の影響を受けた描写と言えるだろう。

江藤淳は『漱石の文学』の中で「夏目家累代の墓は小石川小日向水道端の本法寺にあった」（夏目漱石『こころ』新潮文庫 平成二十九年五月二十五日 百九十三刷 ｐ３５０）と書いている。清の墓の寺と名前は異なるが、地名は同じだ。

興味深い事件、人間関係も種々描かれているが、主人公の性格描写に必要な点以外は削り取っている。主人公が理想的な家庭を持てて、まもなく作者は清を死なせ、「とかくに人の世は住みにくい」（『草枕』の冒頭部分より）という彼の仏教的人生観を披歴してこの小説は終わる。読者はその結末を残念に思うだろう。清をもっと長生きさせて、主人公にこの小説より長い人生の幸福を体験させてあげたいと願うかもしれないが、これは漱石の宗教観に反するためそうはならなかったのだ。

坊っちゃんが理想的人間像だとは言い切れないが、清の持つ母性はまさしくこの国の女性の理想だ。彼女のような母親、祖母、姉、妻がいれば幸せだろうと考える男は多い。

清については、坊っちゃんの履歴と家庭環境を紹介する前半部分では、詳細な紹介があるが、主人公が四国の中学校に辞表を叩きつけて帰京し、清と生活を共にして、幸せな人生を歩み始めるや、あっけない最期を遂げ、清自身のいまわのきわの「御墓のなかで坊っちゃんの来るのを楽しみに待っております」との言葉により、坊っちゃんの菩提寺養源寺に埋葬される。諸行無常であるが、来世には二人がもっと長い家庭生活を送れることを願うのみである。

もう少し二人の生活を描いてほしかったと思う気もするが、さすればテンポの良いこの小説がおそらくはダレてくると思われるので、これでよかったのかもしれない。彼女は墓の中で坊っちゃんとの再会を待っている。胸を打つ結末である。この数行だけでも、この小説が書かれた価値があるといってもよい。

さて、坊っちゃんの人生は幸福だろうか、不幸だろうか。

生い立ちから四国の中学校に教師として赴任するまでの人生（家庭生活）、中学校の教師生活、などの記述を読むと、幸福な人生とは思えない。だが、中学校に辞表を送りつけて東京に帰り清と生活を共にした生活は、いかにも幸福だ。この時期の主人公の生活の有様を描いた漱石の筆は、余りにも簡潔だ。

漱石は、この小説で坊っちゃんの恵まれない人生を詳細に描いている。人生というものは基本的に苦であり、幸福は梅雨の晴れ間のように束の間しか訪れないと言いたかったのかもしれない。だが、その一時は何物にも代えがたい輝く宝物のような時間だと言える。漱石はそのことを知っていて、自身もそう感じていて、けれども、ごちそうは腹八分目が良いと考えたのだろう。

仏教の言葉に「吾唯足るを知る」とある。「少欲知足」だ。我々は清のあっ気ない死を主人公とともに受け入れるしかないのだ。清の死のくだりを読み返してみると、この小説は単なる娯楽ものではないことが分かるし、漱石の哲学の一端が窺える。

私の娘が、清の遺骸が彼女の遺言によって主人公の家の墓に葬られ、墓の中で主人公の訪れを待ち続けるというくだりを読んで涙が止まらなかったと言っていたが、坊っちゃんと清の人間関係は、この世だけでなく来世にも続いていくことを示唆しており、読者の胸を打つ。

この小説を丁寧に読むと理解していただけるが、漱石は几帳面な人で、筆の勢いに任せて小説を書いたりはしない。筆を下ろす前に丁寧に設計図を描き、その時々の哲学や思想を意図的に丁寧に展開していくのだ。

初期の小説では、生（なま）の仏教思想が展開されているが、晩年になると、「則天去私」（天に則って私を去る）などという練り上げられた漱石自身の固有の思想を登場させる。この「則天去私」は儒教思想に基づくものと受け取る人もいるだろう。「則天」という言葉は儒教的発想を思わせるけれども、「去私」という表現は無自性（自性を去る）という意味であり、漱石自身が若き日に体験した参禅に基づく仏教思想「諸行無常」「無自性」「縁起」の延長線上にあるものと考えたい。

目次

「坊っちゃん」

―夏目漱石の世界―

＊本書では新潮文庫『坊っちゃん』（平成二十九年一月十日　百五十七刷）を参考資料としており、引用の際には「資料p○より」と記しています。

序論

本書では、「坊っちゃん」と「清」の人間関係を中心に据えて論述する。

この二人の人間関係は、現在では見られない無縁の慈悲、無私の献身と愛情に溢れている。二人の関わり合いには、私心というものが見られない。互いに、相手の人物に対して信仰に似たものを持っている。それは尊敬の念であり、信頼であり、無欲といった心持ちである。現実の社会で他者と接する時に生じる否定的な感情が見られないのである。衆生が仏に対する感情に近いと言ってもよいだろう。

このような美しい人間関係が、明治末期、漱石の生きた時代に存在したかどうかは分からないが、江戸時代以前であれば、武士道の精神を理想化することによってこの感情に近づくかもしれない。封建的主従関係の最も模範的なものだ。このあたりを、江藤淳は、漱石の思想に江戸時代の文化の影響、儒教の影響を認めているのかもしれないが、私は少し違う解釈をする。

坊っちゃんと清との私を離れた関係は、宗教的信仰そのものであるように思う。漱石は若い時分、円覚寺の釈宗演のもとで参禅の経験を持つ。さらに、彼の葬儀の導師をしたのも宗演だ。それゆえ、坊っちゃんと清との理想的な人間関係は仏教思想の影響を受けており、衆生の仏に対する信仰になぞらえていると考えられる。二人の役割は、清が「仏」で坊っちゃんが「衆生」である。

本書のかなりの部分が、この二人の記述になるだろう。だが、それだけでは説明が不十分になるので、主人公に関係する数人の人物についても触れていきたい。

坊っちゃんと「赤シャツ」との関係は、人間界の最もドロドロした部分を描いていると言えるだろう。それゆえ、坊っちゃんと清の関係の美しさが際立つのだ。『坊っちゃん』の後半部で、主人公と「山嵐」が赤シャツの非行に制裁を加えて、中学校に辞表を送りつけて退職し、坊っちゃんは清のもとに帰る。読者が溜飲を下げる場面だが、この事件を漱石が創造したのは、おそらく主人公を清のもとに帰らせるきっかけにするためだったと思われる。清は相当の高齢である。うかうかしていると主人公は清の死に目に会えないかもしれない。漱石は、主人公が辞表をたたきつけて学校を去るに足る事件として、赤シャツと「野だ」を殴らせたものと思われる。漱石らしい結末の創造だと言える。

この小説に書かれている大きな出来事についても要点を記す。

・主人公の蚊帳の中に生徒が多数のバッタを入れた事件
・その事件についての職員会議と主要な人物の対応
・主人公の中学校の学生と師範学校の生徒の集団の喧嘩事件
・「マドンナ」を巡る「うらなり君」や「赤シャツ」との関係
・それに対する「坊っちゃん」と「山嵐」の対応…

これらは『坊っちゃん』のハイライトなので、避けては通れない。とりわけマドンナと赤シャツとのいきさつは、主人公と山嵐が中学校を退職する契機となった出来事であり、書いておかねばなるまい。漱石は、坊っちゃんと清の出会い、同居、清の死を早めるためにこの赤シャツに対する暴力的制裁を思い立ち、事件を作ったように思えるのだ。

実は当初、坊っちゃんと清との関係を論述するだけに留めたいと考えていた。その中で漱石の思想を深く掘り下げれば十分ではないかと愚考していたのである。けれど、これだけでは一冊の本にするにはボリュームが足りないため、記述の範囲を広げることにしたのだ。それゆえ、主人公と清の関係以外の人間関係は蛇足とも言える。

ここで本書の方法論について触れる。

私の漱石作品の評論は今回で二作目となる。これまでの作品で用いた方法論を今回も使用する。漱石の思想、文化を論述するのに便利だからである。つまり漱石の作品を「本来性」と「現実性」という視点から見るのである。

本来性とは何か。一口で言えば、その人物の本音に相当する。現実性というのは建前だ。人間には多様な性格があるが、大きく分類すれば全てこの範疇に落ちつく。

例えば、坊っちゃんは本音で生きている。言い換えると、本来性と現実性の乖離がほとんどないのだ。他方、清もやはり本音で生きているから、本来性と現実性の乖離はほとんどない。それゆえ、坊っちゃんとの相性が良いとも言える。

そもそも坊っちゃんは、常に本音で生きているから、本来性と現実性の乖離がない人は好きだが、その乖離の大きい人物とはそりが合わないのだ。

坊っちゃんの兄は、芝居好きで女方を演ずるのを好む色の白い男である。芝居好きの常として、日常の生活でも演技することを好む。極端な場合には、どこまでが現実で、どこからが演技か、当の本人にも分からなくなる。本来性と現実性の乖離が極端なほど大きいのだ。こういうタイプの人間を坊っちゃんは最も苦手とする。

この兄は、両親が亡くなってから九州に転勤した。その時、不要になった実家を売却して、坊っちゃんに「将来の商売の元手もしくは学資に役立てよ」と言って六百円を、下女の清には退職金もしくは手切れ金の意味で五十円を渡した。当の清は甥の家に厄介になったので、この金は自身のためには使わずに郵便局に貯金しておき、坊っちゃんのために役立てた。清は、どこまでも自分よりも坊っちゃんのことを考える仏様のような人である。この中から十円は、四国にいる時に坊っちゃんに為替で送った。漱石は何も書いてはいないが、清は信心深い人だったようだ。仏のように慈悲の精神で坊っちゃんに接している。これを儒教の封建的な主従関係と考える人もいるだろうが、私は仏の慈悲を連想する。

あまり良いとは言えなかった坊っちゃんと兄との関係は、６００円の手切れ金でその後、没交渉となる。漱石は、坊っちゃんの不幸な少年時代の家庭環境を説明するために、この兄を登場させたが、最後には坊っちゃんへ愛情を示すことで役割を終わらせる。まずまずの兄の消え方だ。

清と坊っちゃんの関係に次いで重要なのは、四国の中学校の上司である教頭「赤シャツ」との人間関係である。赤シャツの経歴は漱石と生き写しだ。東京帝大卒の学士。四国の中学校の教頭。この当時、帝大卒の学士が中学校の教諭になることは稀だと思うが、どうだろう。漱石はこの道を経験したが、ほんの短期間である。俸給はすこぶる高額であったという。学歴に応じて支給されたのだろう。単に職階給のみではなかったらしい。

赤シャツは、坊っちゃんに対して特別辛く当たるわけではない。むしろ親切を押し売りするタイプだ。だが、その親切心の背後に大きなウソが隠れている。もっともらしい表情をして大きなウソをつく。「山嵐」の人物評価がその一つだ。赤シャツは、生徒に人望のある山嵐から坊っちゃんを引き離すために、山嵐がいかにも腹黒い人物であるかのように坊っちゃんに信じ込ませようとする。だが、この試みは、赤シャツ自身の不徳の致すところから破綻して、坊っちゃんと山嵐の同盟を作ってしまう。このように、赤シャツは本来性と現実性の乖離が大きいのだ。それゆえ、坊っちゃんとは水と油のように遊離した関係になる。

『坊っちゃん』は読んで面白い作品だ。まず、登場する者たちの人物像が上手く描かれている。主人公の坊っちゃんは言うまでもなく、「赤シャツ」「のだいこ」「うらなり」「山嵐」「狸」など、坊っちゃんが教鞭を執る中学校の教師たちのキャラクター描写が極めて巧みだ。漱石は小説家になる前の一時期、松山で中学校の教師をしていた。東京帝大出身の中学教師だ。おそらく希少価値があったことだろう。就職難だったのかもしれない。

それゆえ、漱石は四国の中学校の実情をよく知っている。だが、注意を要するのは、登場人物の教師たちに実在のモデルを探しても無駄だということだ。実際の中学校にこんな教師がいたとも思えない。彼らは漱石のフィクションである。主人公の坊っちゃんは、漱石に生い立ち境遇が似ているが、性格、行動は似ても似つかない。赤シャツは学歴が似ているが、漱石の一番嫌いなタイプの人間だ。その他の人物も物語を面白くするためにデフォルメされている。こんな人物が実際にいたら学校も大変だ。

ただ、清だけはモデルとなった人物がいたかもしれないと思わせるところがある。その人間性を考える時、坊っちゃんの身近にいてほしいと、私は思う。

江藤淳が新潮文庫『坊っちゃん』の解説の中で、清について次のように述べている。

つけ加えておけば、漱石は未完に終った最後の長編『明暗』の主人公津田のかつての恋人に、清子という名をつけている。『坊っちゃん』の「清」と、『明暗』の「清子」とのあいだにどのような関係が潜んでいるかは、興味深い研究課題といわなければならない。

（資料p226～227より）

この説は途方もない発想だが、清に対する坊っちゃんの思いは、母親に対するような、あるいは恋人に対するような性質があるから、江藤がこのような空想を巡らせることはあながち的外れではない。江藤のこの本の解説は、漱石の哲学や文化についての追究が物足りないので私はあまり評価しないが、『坊っちゃん』の「清」と『明暗』の「清子」に対する連想には興味を覚えた。私は、坊っちゃんの恋人、連れ合いには「清」のような女性がふさわしいと考えるからだ。

坊っちゃんの性格について、漱石は詳細に記述している。冒頭は坊っちゃんの性格描写から始まる。

親譲りの無鉄砲で小供の時から損ばかりしている。小学校に居る時分学校の二階から飛び降りて一週間程腰を抜かした事がある。なぜそんな無闇をしたと聞く人があるかも知れぬ。別段深い理由でもない。新築の二階から首を出していたら、同級生の一人が冗談に、いくら威張っても、そこから飛び降りる事は出来まい。弱虫やーい。と囃したからである。小使に負ぶさって帰って来た時、おやじが大きな眼をして二階位から飛び降りて腰を抜かす奴があるかと云ったから、この次は抜かさずに飛んで見せますと答えた。（資料p5より）

漱石は、小説を書き始める時、主人公の描写を詳細に記述する。おそらく英国の小説の影響だろう。あちらの小説は、冒頭で主人公の性格、容貌、ステータス、家族構成、生活環境などについて、くどいほど説明を加える。読者の理解を助けるためだ。漱石の小説の手本は、日本ではなく英国のものだったと思われるから、『坊っちゃん』の冒頭も性格描写と生い立ち、家族との人間関係から始められるのだ。

この小説の出だしで漱石は「**親譲りの無鉄砲で小供の時から損ばかりしている**」と書いている。主人公の性格が父親譲りであること、無鉄砲で損をしているのだと説明している。父親も主人公も金銭感覚に疎いのである。女中を置ける身分だから、本来、物持ちである。地主で名主あたりの家柄だろう。おそらく漱石自身の育った環境を、ほぼそのまま当てはめたものと思われる。

作者は主人公の性格を大まかに述べてから、彼の家庭環境に触れる。

庭を東へ二十歩に行き尽くすと、南上がりに聊かばかりの菜園があって、真中に栗の木が一本立っている。これは命より大事な栗だ。実の熟する時分は起き抜けに脊戸を出て落

ちた奴を拾ってきて、学校で食う。（資料p6より）

主人公と家族との関係は、どうだろう。

おやじは些ともおれを可愛がってくれなかった。母は兄ばかりを贔屓にしていた。この兄はやに色が白くって、芝居の真似をして女形になるのが好きだった。おれを見る度にこいつはどうせ碌なものにはならないと、おやじが云った。乱暴で乱暴で行く先が案じられると母が云った。成程碌なものにはならない。御覧の通りの始末である。（資料p7より）

父母も兄も主人公の性格行動が嫌いであり、主人公も家族のいずれもが気に入らない。お互いに反発し合って、主人公にとっては誠に住みにくい家庭であった。彼が物理学校を卒業して数学の教師の資格を得ると、学校の勧めに従って遠く四国の中学校の数学の教師として赴任したのは、このような家庭の事情によるものだったのかもしれない。

主人公は一本気で、本来性（本音）と現実性（建て前）に乖離がないから、本音と建前をはっきり使い分けている性格の人とは上手く付き合えない。彼の兄のように芝居の女方が好きな、本来性と現実性に乖離の大きい人物とは分かり合えないのだ。この小説を読み進めていけば明らかになるが、彼が心を許せる人物は「清」と「山嵐」の他にはいない。この世は、正直で、かつ本音で生きている人間には誠に住みにくく出来ているのだ。

漱石の作品『草枕』の冒頭には「とかくにこの世は住みにくい」と書いてある。坊っちゃんのように本音で生きていこうとすれば、この世は「そらごと、たわごと、まことあることなきに、ただ念仏のみぞまことにおはします」（鎌倉時代後期に書かれた日本の仏教書『歎異抄』より）ということになるが、真っ直ぐに生きようとすれば、様々な障害物が立ちはだかって苦労することになるのだ。そんな生き方ができる人は極めて稀だからである。

本論

一、坊っちゃんの章

『坊っちゃん』のストーリーは、「清」に始まり「清」で終わる。

この二人の無縁の愛、無私の人間関係の美しさが読者の胸に届き、百年以上読み継がれてきたのだ。主人公と清の関係は、仏教思想から来たものだろう。清の坊っちゃんへの愛情は、仏が衆生に施す大慈悲を彷彿させる。

一見、『坊っちゃん』は、上部構造では単純なストーリーの娯楽小説に見えるが、奥深い下部構造では人間の能力を超えた仏教的世界を描いている。

主人公の生い立ち、性格、家族関係については、序論の中でざっと触れたが、ここでは原文を引用しながら、さらに詳細に論じたい。

漱石は『坊っちゃん』の冒頭で、簡潔だが的確に、読者に分かりやすく主人公の性格描写をしている。この部分は、島崎藤村の『夜明け前』の「木曽路はすべて山の中である」とともに有名であり、クイズ番組などでも出題されることがある。

親譲りの無鉄砲で小供の時から損ばかりしている。（資料p5より）

この短い描写で、主人公の性格が読者に正しく伝わる。このことだけを見ても漱石が小説の名手であることが分かるだろう。

作者は続ける。

小学校に居る時分学校の二階から飛び降りて一週間程腰を抜かした事がある。なぜそんな無闇をしたと聞く人があるかも知れぬ。別段深い理由でもない。新築の二階から首を出していたら、同級生の一人が冗談に、いくら威張っても、そこから飛び降りる事は出来まい。弱虫やーい。と囃したからである。小使に負ぶさって帰って来た時、おやじが大きな眼をして二階位から飛び降りて腰を抜かす奴があるかと云ったから、この次は抜かさずに飛んで見せますと答えた。
親類のものから西洋製のナイフを貰って奇麗な刃を日に翳して、友達に見せていたら、一人が光る事は光るが切れそうもないと云った。切れぬ事があるか、何でも切って見せると受け合った。そんなら君の指を切ってみろと注文したから、何だ指位この通りだと右の手の親指の甲をはすに切り込んだ。幸いナイフが小さいのと、親指の骨が堅かったので、今だに親指は手に付いている。（資料ｐ５～６より）

これだけ文章を引用すれば、主人公の性格が子供のままで、教師になってからも成長していないことが理解できる。度胸が良く、負けず嫌いで、何物も恐れない、信念の持ち主である。きわめて単純明快、表裏なく、私の最も好きな性格だが、惜しいことに思慮に欠ける。軽率な点は父母や兄からは嫌われるが、竹を割ったような純粋性は下女の清からは愛された。

主人公の家庭生活は恵まれていたとは言えない。

おやじは些ともおれを可愛がってくれなかった。母は兄ばかりを贔屓にしていた。この兄はやに色が白くって、芝居の真似をして女形になるのが好きだった。おれを見る度にこいつはどうせ碌なものにはならないと、おやじが云った。乱暴で乱暴で行く先が案じられると母が云った。〈…中略…〉

母が病気で死ぬ二三日前台所で宙返りをしてへっついの角で肋骨を撲って大に痛かった。母が大層怒って、御前の様なものの顔は見たくないと云うから、親類へ泊りに行っていた。するととうとう死んだと云う報知が来た。そう早く死ぬとは思わなかった。そんな大病なら、もう少し大人しくすればよかったと思って帰って来た。〈…中略…〉

母が死んでからは、おやじと兄と三人で暮していた。おやじは何にもせぬ男で、〈…中略…〉兄は実業家になるとか云って頻りに英語を勉強していた。（資料p7〜8より）

母が死んでから六年目の正月におやじも卒中で亡くなった。その年の四月におれはある私立の中学校を卒業する。六月に兄は商業学校を卒業した。兄は何とか会社の九州の支店に口があって行かなければならん。おれは東京でまだ学問をしなければならない。兄は家を売って財産を片付けて任地へ出立すると云い出した。おれはどうでもするが宜かろうと返事をした。どうせ兄の厄介になる気はない。世話をしてくれるにしたところで、喧嘩をするから、向でも何とか云い出すに極っている。なまじい保護を受ければこそ、こんな兄に頭を下げなければならない。牛乳配達をしても食ってられると覚悟をした。兄はそれから道具屋を呼んで来て、先祖代々の瓦落多を二束三文に売った。家屋敷はある人の周旋である金満家に譲った。この方は大分金になった様だが、詳しい事は一向知らぬ。おれは一カ月以前から、しばらく前途の方向のつくまで神田の小川町へ下宿していた。清は十何年居たうちが人手に渡るのを大に残念がったが、自分のものでないから、仕様がなかった。あなたがもう少し年をとっていらっしゃれば、ここが御相続が出来ますものをとしきりに口説いていた。もう少し年を取って相続が出来るものなら、今でも相続が出来る筈だ。婆さんは何も知らないから年さえ取れば兄の家がもらえると信じている。

兄とおれは断様に分れたが、〈…中略…〉

九州へ立つ二日前兄が下宿へ来て金を六百円出してこれを資本にして商買をするなり、学資にして勉強をするなり、どうでも随意に使うがいい、その代りあとは構わないと云っ

た。（資料p13〜15より）

六百円を元手にして主人公は物理学校で学び、校長の紹介で月給四十円で四国の中学校の数学の教師として赴任する。清は主人公が家庭を持つまで甥の厄介になった。

家を畳んでからも清の所へは折々行った。清の甥と云うのは存外結構な人である。おれが行くたびに、居りさえすれば、何くれと款待なしてくれた。清はおれを前へ置いて、色々おれの自慢を甥に聞かせた。（資料p17より）

四国に着いて学校へ挨拶に行き、宿に落ち着いて翌日、早速清に手紙を書いた。

「きのう着いた。つまらん所だ。十五畳の座敷に寝ている。宿屋へ茶代を五円やった。かみさんが頭を板の間へすりつけた。夕べは寝られなかった。清が笹飴を笹ごと食う夢を見た。来年の夏は帰る。今日学校へ行ってみんなにあだなをつけてやった。校長は狸、教頭は赤シャツ、英語の教師はうらなり、数学は山嵐、画学はのだいこ。今に色々な事をかいてやる。さようなら」（資料p28～29より）

この手紙で坊っちゃんは、中学校の主だった教師の印象を主観的だが簡潔に、渾名という形で的確に表現しているので、清も坊っちゃんの職場の雰囲気を理解できそうだ。だが、この人物たちは一癖もふた癖もあって、主人公と軋轢を生み、清にとっては嬉しいことだが、坊っちゃんの帰郷を早めることになる。

主人公には四国（宿と学校）の印象が悪かったからか、いかにも住みにくそうな印象を受けたせいか、一番心を許せる清の夢を見る。彼女が笹飴をむしゃむしゃ食べる夢だ。清は主人公がどこにいても心のよりどころとなれる人のようだ。

教師としての主人公について、漱石はこう書いている。

愈学校へ出た。初めて教場へ這入って高い所へ乗った時は、何だか変だった。講釈をしながら、おれでも先生が勤まるのかと思った。〈…中略…〉先生と呼ぶのと、呼ばれるのは雲泥の差だ。何だか足の裏がむずむずする。おれは卑怯な人間ではない、臆病な男でもないが、惜しい事に胆力が欠けている。先生と大きな声をされると、腹の減った時に丸の内で午砲を聞いた様な気がする。〈…中略…〉

…教場へでると今度の組は前より大きな奴ばかりである。おれは江戸っ子で華奢に小作りに出来ているから、どうも高い所へ上がっても押しが利かない。（資料p30〜31より）

新米の教師が、中学生相手に苦労しそうなことを述べている。

…《授業は》うまく行った。只帰りがけに生徒の一人が一寸この問題を解釈しておくれんかな、もし、と出来そうもない幾何の問題を持って逼ったには冷汗を流した。仕方がないから何だか分からない、この次教えてやると急いで引き揚げたら、生徒がわあと囃した。

（資料p32より）

中学校は、この地方の名門らしいが、生徒の性格は悪く、新米の教師の力量を試したり、悪質ないたずらをする。

　漱石は、主人公が四国の中学校に数学の教師として奉職してから、この小説の中に小さな山場となる事件をいくつか用意している。事実、作者は四国の松山中学校に英語の教師として勤務した経験を持つ。この小説のある部分には、その時の経験が生かされていることだろう。小説の中で地方の人たちが話す方言は、漱石が勤務していた松山地方のものと思われる。彼が描写した街の風景も、当時の松山の情景を思わせる。日清戦争の祝勝会の描写も事実に近いのではないか。

　だが、寮生たちが蚊帳の中にたくさんのバッタを入れた事件、主人公の寝ている部屋の天井の上で寮生たちがドスンドスンと音高く踏み鳴らす事件などは、おそらく創作か漱石が耳にした興味深い話を書いたものだろう。

　何しろ漱石は東京帝大卒業の学士であり、東京高等師範学校の英語の教師を務めていた。俸給も極めて高額であったと聞く。このような偉い教師に、学校長が宿直などの雑務を命じたかどうか疑わしい。また、漱石の英語の授業は内容の豊かなもので、他の教師のそれと比較しても生徒の尊敬に値しただろう。そうしたことを考えると、寮生がいたずらを仕掛けたとは思われない。むしろ敬意を払っていたのではないか。この話は、漱石の伝聞もしくはフィクションと考えたほうが妥当だろう。

それから、彼の勤務していた中学校の生徒と師範学校の生徒による集団の喧嘩が述べられているが、この事件は事実と思われる。昭和の戦後まで、他校の生徒との集団の喧嘩はよく行われていた。

後ほど『坊っちゃん』の記述を引用して詳しく論じるが、マドンナを巡って坊っちゃんと山嵐が職を懸けて赤シャツに制裁を加える暴力事件は、四国新聞で大々的に報じられた。この小説の最後の山場になる事件だ。この後、坊っちゃんと山嵐は辞表を出して退職するからだ。漱石はこの事件を、主人公を清のもとに帰らせる契機として用意した。主人公が清のもとに帰るためには中学校を辞めなければならない。学校を辞めるにはもってこいの事件である。漱石はこのあたりを上手く構成している。主人公の帰郷の理由として、ここの描写は読んでいて腑に落ちるのだ。赤シャツへの制裁が行われたことで胸のつかえが下りた読者は多いだろう。

マドンナの存在が主人公と結び付かないのは、漱石がこの小説を通俗小説にするのを嫌ったからではないか。坊っちゃんには清がいる。彼は清が亡くなるまで結婚をしない。清と同居はするが、自分の家庭を持たないのだ。妻を娶らず、それゆえ子供もない。あたかも禅宗の高僧のごとき生き方を、巷に生きて続けているのだ。坊っちゃんは清の慈愛の中で生きてこそ坊っちゃんらしい。漱石は坊っちゃんを坊っちゃんらしく、清を清らしく描いている。この描写が、『坊っちゃん』の人気を支えているのである。

これだけでは判断できないが、主人公は教師として不向きな人間で、早々に退職して、東京に帰ることを示唆している。

…私儀都合有之辞職の上東京へ帰り申候につき左様御承知被下度候以上とかいて校長宛てにして郵便で出した。（資料p178より）

後日、主人公が四国の中学校を辞職し、清の待っている東京に帰る。

…東京へ着いて下宿へも行かず、革鞄を提げたまま、清や帰ったよと飛び込んだら、あら坊っちゃん、よくまあ、早く帰って来て下さったと涙をぽたぽたと落した。おれも余り嬉しかったから、もう田舎へは行かない、東京で清とうちを持つんだと云った。（資料p179より）

結び

小説のタイトルが『坊っちゃん』になっているように、主人公は坊っちゃんである。本名は書かれていない。不要だからである。

坊っちゃんという渾名は、彼の自宅に住み込んでいた下女の清が主人公をそのように呼んでいたから、小説のタイトルになったものと思われる。この小説の中心人物は坊っちゃんと清である。

さて彼の役割は、主人公であると同時に語り部でもある。自身の生い立ち、清との関係、家族関係、四国の中学校での出来事、人間関係、奉職と退職のいきさつも彼の口から語られる。それゆえ主人公の主観があらゆるところに投影されている。きわめて主観的な視点で描かれた作品である。

だが、彼は哲学的、宗教的な人間ではないから、その分野については、清との人間関係、山嵐の発言、赤シャツの言葉で述べられている。主人公と清の関係については、親と子、凡夫と弥陀仏の関係をもって置き換えることができる。

浄土真宗では、弥陀のことを「親様」と呼ぶ。弥陀は我ら凡夫を無償の働きで必ず救うから、凡夫にとって弥陀は親になぞらえることができると考える。凡夫の信仰と弥陀の慈悲を、主人公が清を慕う気持ちや、清が主人公に注ぐ愛情として表現しているように見える。主人公と清の関係を浮き彫りにするために、正義の士「山嵐」と、清と対極にある「赤シャツ」が描かれている。赤シャツの人間としての醜さがあってはじめて、清の心の美しさが照らし出される。醜い人間がいるから慈悲の弥陀が欠かせないのだ。このような関わり方を仏教では縁起と呼ぶ。仏教的視点に立つ、よく出来たキャラクターの創造と配置である。

主人公の幼少年時代、四国時代、そして帰京後の清の晩年、大きな節目に清は主人公に雨のように愛情を注ぐ。清の主人公に対する愛情は、この世だけでは満足せず、来世にまで及ぶ。下女という立場の登場人物を用いてこのような思いを描き出すという作品の構成は、漱石の仏教思想から来るものだと考えていいだろう。

二、清の章

清は坊っちゃんが信頼し、心を許せる唯一の人物である。清との出会いは子供の頃、自宅においてだ。主人公が兄と将棋を指していて喧嘩になり、これに怒った父親が「勘当する」と言い出したことがあった。その経緯について漱石は次のように述べている。

…ある時将棋をさしたら卑怯な待駒をして、人が困ると嬉しそうに冷やかした。あんまり腹が立ったから、手に在った飛車を眉間へ擲きつけてやった。眉間が割れて少々血が出た。兄がおやじに言付けた。おやじがおれを勘当すると言い出した。

その時はもう仕方がないと観念して先方の云う通り勘当される積りでいたら、十年来召し使っている清と云う下女が、泣きながらおやじに詫まって、漸くおやじの怒りが解けた。

（資料p８～９より）

この清は、両親や兄から疎まれている主人公をとても可愛がってくれた。主人公も無論の事、清に懐いている。

…この下女はもと由緒のあるものだったそうだが、瓦解のときに零落して、つい奉公まですする様になったのだと聞いている。（資料p９より）

ということで、その素性は主人公もよく分かっていない。彼が幼少の頃から奉公しているので、素性の詮索をするまでもなかったのだろう。

…だから婆さんである。この婆さんがどう云う因縁か、おれを非常に可愛がってくれた。不思議なものである。母も死ぬ三日前に愛想をつかした――おやじも年中持て余している――町内では乱暴者の悪太郎と爪弾きをする――このおれを無暗に珍重してくれた。おれは到底人に好かれる性でないとあきらめていたから、他人から木の端の様に取り扱われるのは何とも思わない、却ってこの清の様にちやほやしてくれるのを不審に考えた。清は時々台所で人の居ない時に「あなたは真っ直ぐでよい御気性だ」と賞める事が時々あった。然しおれには清の云う意味が分からなかった。好い気性なら清以外のものも、もう少し善くしてくれるだろうと思った。清がこんな事を云う度におれは御世辞は嫌だと答えるのが常であった。すると婆さんはそれだから好い御気性ですと云っては、嬉しそうにおれの顔を眺めている。自分の力でおれを製造して誇っている様に見える。少々気味がわるかった。

母が死んでから清は愈おれを可愛がった。時々は小供心になぜあんなに可愛がるのかと不審に思った。つまらない、廃せばいいのにと思った。気の毒だと思った。それでも清は可愛がる。折々は自分の小遣いで金鍔や紅梅焼を買ってくれる。寒い夜などはひそかに蕎麦粉を仕入れて置いて、いつの間にか寐ている枕元へ蕎麦湯を持って来てくれる。時には鍋焼饂飩さへ買ってくれた。只食い物ばかりではない。靴足袋ももらった、鉛筆も貰った。帳面も貰った。これはずっと後の事であるが金を三円ばかり貸してくれた事さえある。何も貸せと云った訳ではない。向で部屋へ持って来て御小遣がなくて御困りでしょう。御使いなさいと云ってくれたんだ。おれは無論いらないと云ったが、是非使えと云うから、借りて置いた。実は大変嬉しかった。その三円を蝦蟇口へ入れて、懐へ入れたなり便所へ行ったら、すぽりと後架の中へ落としてしまった。仕方がないから、のそのそ出て来て実はこれこれだと清に話したところが、清は早速竹の棒を捜して来て、取って上げますと云った。しばらくすると井戸端でざあざあ音がするから、出て見たら竹の先へ蝦蟇口の紐を引き懸けたのを水で洗っていた。それから口をあけて壱円札を改めたら茶色になって模様が消えかかっていた。清は火鉢で乾かして、これでいいでしょうと出した。一寸かいでみて臭いやと云ったら、それじゃ御出しなさい、取り換えて来て上げますからと、どこでどう誤魔化したか札の代りに銀貨を三円持ってきた。この三円は何に使ったか忘れてしまった。今に返すよと云ったぎり、返さない。今となっては十倍にして返してやりたくても返せない。（資料p9〜11より）

清は主人公を盲目的に可愛がった。明治維新のためそれなりの格の家が没落し、食うために主人公の家に住み込み下女となったという経緯があり、人生経験を積んでいる清には生活の知恵があると漱石は書いているのだ。
清は主人公が両親から兄に比べて不当に差別されていると見ていたようだ。元来、慈愛に満ちて正義感の強い女だから、次のような記述も残されている。

清が物をくれる時には必ずおやじも兄も居ない時に限る。おれは何が嫌いだと云って人に隠れて自分だけ得をする程嫌な事はない。兄とは無論仲がよくないけれども、兄に隠して清から菓子や色鉛筆を貰いたくはない。なぜ、おれ一人にくれて、兄さんには遣らないのかと清に聞く事がある。すると清は澄したもので御兄様は御父様が買って御上げなさるから構いませんと云う。これは不公平である。おやじは頑固だけれども、そんな依怙贔負はせぬ男だ。然し清の眼から見るとそう見えるのだろう。全く愛に溺れていたに違ない。元は身分のあるものでも教育のない婆さんだから仕方がない。単にこればかりではない。贔負目は恐ろしいものだ。清はおれを以て将来立身出世して立派なものになると思い込んでいた。その癖勉強をする兄は色ばかり白くって、とても役には立たないと一人できめてしまった。こんな婆さんに逢っては叶わない。自分の好きなものは必ずえらい人物になって、嫌なひとはきっと落ち振れるものと信じている。おれはその時から別段何になると云う了見もなかった。然し清がなるなると云うものだから、やっぱり何かに成れるんだろうと思っていた。今から考えると馬鹿々々しい。ある時などは清にどんなものになるだろうと聞いてみた事がある。ところが清にも別段の考えもなかった様だ。只手車へ乗って、立派な玄関のある家をこしらえるに相違ないと云った。（資料p11〜12より）

清は主人公が本音と建前の乖離が少ない性格なのを高く買っている。自身の性格に似ていたこともあるだろうし、自分が気に入った人は好い人で、好い人は恵まれた将来を送るという独特の価値観の持ち主であったから、このような描写となったのだ。

それから清はおれがうちでも持って独立したら、一所になる気でいた。どうか置いて下さいと何遍も繰り返して頼んだ。おれも何だかうちが持てる様な気がして、うん置いてやると返事だけはして置いた。ところがこの女は中々想像の強い女で、あなたはどこが御好き、麹町ですか麻布ですか、御庭へぶらんこを御こしらえ遊ばせ、西洋間は一つで沢山ですなどと勝手な計画を独りで並べていた。その時は家なんか欲しくも何ともなかった。西洋館も日本建も全く不用であったから、そんなものは欲しくないと、いつでも清に答えた。するとあなたは慾がすくなくって、心が奇麗だと云って又賞めた。清は何と云っても賞めてくれる。

母が死んでから五六年の間はこの状態で暮していた。おやじには叱られる。兄とは喧嘩をする。清には菓子を貰う、時々賞められる。別に望みもない、これで沢山だと思っていた。ほかの小供も一概にこんなものだろうと思っていた。只清が何かにつけて、あなたは御可哀想だ、不仕合だと無暗に云うものだから、それじゃ可哀想で不仕合せなんだろうと思った。その外に苦になる事は少しもなかった。只おやじが小遣をくれないには閉口した。

（資料p12～13より）

だから清は見かねて、家族のいないところで小遣いや物をこっそりくれたのだ。主人公はこのような内緒事は嫌いだが、助けられたのも事実である。

両親が相次いで死んだ後、主人公が一番困ったのは自分に稼ぎがないことであり、世話になった清の行く先を案じている。

…兄は無論連れて行ける身分でなし、清も兄の尻にくっ付いて九州下りまで出掛ける気は毛頭なし、と云ってこの時のおれは四畳半の安下宿に籠って、それすらもいざとなれば直ちに引き払わねばならぬ始末だ。どうすることも出来ん。清に聞いてみた。どこかへ奉公でもする気かねと云ったらあなたが御うちを持って、奥さまを御貰いになるまでは、仕方がないから、甥の厄介になりましょうと漸く決心した返事をした。この甥は裁判所の書記で先ず今日には差支なく暮していたから、今までも清に来るなら来いと二三度勧めたのだが、清は仮令下女奉公はしても年来住み馴れた家の方がいいと云って応じなかった。然し今の場合知らぬ屋敷へ奉公易をしていらぬ気兼を仕直すより、甥の厄介になる方がましだと思ったのだろう。それにしても早くうちを持ての、妻を貰えの、来て世話をするのと云う。親身の甥よりも他人のおれの方が好きなのだろう。（資料p14〜15より）

この後、主人公は、兄からもらった形見分けの六百円を元手に物理学校に進学して数学の教師の資格を取り、卒業後、学校の紹介で、四国の中学校に月給四十円で赴任することになった。

家を畳んでからも清の所へは折々行った。（資料p17より）

清は主人公の性格が気に入り、このような人は幸福な人生を送るはずだと信じ込んでいるようなところがあった。

主人公は四国へ発つ前、清に別れを告げに行く。彼にとって清こそがただ一人信じられる人であり、真実の家族のような存在だった。それゆえ別れも辛い。その辛さを漱石は丁寧に描いていて、読者の涙を誘う。

…もう立つと云う三日前に清を尋ねたら、北向の三畳に風邪を引いて寐ていた。おれの来たのを見て起き直るが早いか、坊っちゃん何時家を御持ちなさいますと聞いた。〈…中略…〉おれは単簡に当分うちは持たない。田舎へ行くんだと云ったら、非常に失望した容子で、胡麻塩の鬢の乱れを頻りに撫でた。余り気の毒だから「行く事は行くがじき帰る。来年の夏休にはきっと帰る」と慰めてやった。〈…中略…〉

出立の日には朝から来て、色々世話をやいた。〈…中略…〉車を並べて停車場へ着いて、プラットフォームの上へ出た時、車へ乗り込んだおれの顔を昵と見て「もう御別れになるかも知れません。随分御機嫌よう」と小さな声で云った。目に涙が一杯たまっている。おれは泣かなかった。然しもう少しで泣くところであった。汽車が余っ程動き出してから、もう大丈夫だろうと思って、窓から首を出して、振り向いたら、やっぱり立っていた。何だか大変小さく見えた。（資料P18～19より）

主人公と清は、このように心の深い部分で、太くて確かな糸でつながっている。お互いが決して裏切らないという宗教的信仰のような人間関係であることを漱石は示唆している。主人公の清に対する約束は時を経ずに果たされる。彼の表裏のない真っ直ぐな性格からして、不条理に対して妥協することはできない。短期間で教師の職場を放り出して、清のもとに帰ってくる。約束は思いがけない形で守られるのだ。

主人公が四国に去ってからも二人の心の交流は続く。漱石は手紙という形式を利用するのだ。清から主人公のもとに手紙が来た。彼は今の下宿に移るまでに宿を転々としていたようである。

…付箋が二三枚ついてるから、よく調べると、山城屋から、いか銀の方へ廻して、いか銀から、萩野へ廻って来たのである。その上山城屋では一週間ばかり逗留している。宿屋だけに手紙まで泊る積なんだろう。（資料p99より）

先に主人公が出した手紙の返事だ。開いてみると非常に長いものだった。

…坊っちゃんの手紙を頂いてから、すぐ返事をかこうと思ったが、生憎風邪を引いて一週間ばかり寐ていたものだから、つい遅くなって済まない。その上今時の御嬢さんの様に読み書きが達者でないものだから、こんなまずい字でも、かくのに余っ程骨が折れる。甥に代筆を頼もうと思ったが、折角あげるのに自分でかかなくっちゃ、坊っちゃんに済まないと思って、わざわざ下たがきを一返して、それから清書をした。清書をするには二日で済んだが、下た書きをするには四日かかった。読みにくいかも知れないが、これでも一生懸命にかいたのだから、どうぞ仕舞まで読んでくれ。と云う冒頭で四尺ばかり何やらかやら認めてある。成程読みにくい。字がまずいばかりではない、大抵平仮名だから、どこで切れて、どこで始まるのだか句読をつけるのに余っ程骨が折れる。おれは焦っ勝ちな性分だから、こんな長くて、分りにくい手紙は五円やるから読んでくれと頼まれても断わるのだが、この時ばかりは真面目になって、始から終まで読み通した。読み通した事は事実だが、読む方に骨が折れて、意味がつながらないから、又頭から読み直してみた。部屋のなかは少し暗くなって、前の時より見にくく、なったから、とうとう椽鼻へ出て腰をかけながら鄭寧に拝見した。すると初秋の風が芭蕉の葉を動かして、素肌に吹きつけた帰りに、読みかけた手紙を庭の方へなびかしたから、仕舞ぎわには四尺あまりの半切れがさらりさらりと鳴って、手を放すと、向うの生垣まで飛んで行そうだ。おれはそんな事には構っていられない。坊っちゃんは竹を割った様な気性だが、只肝癪が強過ぎてそれが心配になる。――ほかの人に無暗に渾名なんか、つけるのは人に恨まれるもとになるから、やたらに使っちゃいけない、もしつけたら、清だけに手紙で知らせろ。――田舎者は人がわるいそうだから、気をつけて苛い目に遭わない様にしろ。――気候だって東京より不順に極ってるから、寐冷をして風邪を引いてはいけない。坊っちゃんの手紙はあまり短過ぎて、容子がよくわからないから、この次には責めてこの手紙の半分位の長さのを書いてくれ。――宿屋へ茶代を五円やるのはいいが、あとで困りやしないか、田舎へ行って頼りになるは御金ばかりだから、なるべく倹約して、万一の時に差支えない様にしなくっちゃいけない。――御小遣がなくて困るかも知れないから、為替で十円あげる。――先達て坊っちゃんからもらった五十円を、坊っちゃんが、東京へ帰って、うちを持つ時の足しにと思って、郵便局へ預けて置いたが、この十円を引いてもまだ四十円あるから大丈夫だ。――成程女と云うものは細かいものだ。

　おれが椽鼻で清の手紙をひらつかせながら、考え込んでいると、しきりの襖をあけて、萩野の御婆さんが晩めしを持ってきた。まだ見て御出でるのかなもし。えっぽど長い御手紙じゃなもし、と云ったから、ええ大事な手紙だから風に吹かしては見、吹かしては見るんだと、自分でも要領を得ない返事をして膳についた。見ると今夜も薩摩芋の煮つけだ。〈…中略…〉清ならこんな時に、おれの好きな鮪のさし身か、蒲鉾のつけ焼を食わせるんだが、貧乏士族のけちん坊と来ちゃ仕方がない。〈…中略…〉

今日は清の手紙で湯に行く時間が遅くなった。（資料p99〜102より）

《日清戦争》祝勝の式は頗る簡単なものであった。旅団長が祝詞を読む、知事が祝詞を読む。参列者が万歳を唱える。それで御仕舞だ。余興は午后にあると云う話だから、一先ず下宿へ帰って、此間中から、気に掛っていた、清への返事をかきかけた。今度はもっと詳しく書いてくれとの注文だから、なるべく念入に認めなくっちゃならない。然しいざとなって、半切を取り上げると，書く事は沢山あるが、何から書き出していいか、わからない。〈…中略…〉おれには、とても手紙はかけるものではないと、諦めて硯の蓋をしてしまった。手紙なんぞをかくのは面倒臭い。やっぱり東京まで出掛けて行って、逢って話をする方が簡便だ。（資料p147より）

例の喧嘩事件が四国新聞に、赤シャツのさしがねで大々的に報じられ、山嵐が辞職を迫られたので、赤シャツに鉄拳制裁を加えた後、主人公はこのように肌に合わない四国の中学校を山嵐とともに早々に辞職して東京に帰って来た。ここには心を許せる清がいる。そこで漱石は『坊っちゃん』の結末、つまり清とのその後のいきさつを次のように書いている。

清の事を話すのを忘れていた。――おれが東京へ着いて下宿へも行かず、革鞄を提げたまま、清や帰ったよと飛び込んだら、あら坊っちゃん、よくまあ、早く帰って来て下さったと涙をぽたぽたと落とした。おれも余り嬉しかったから、もう田舎へは行かない。東京で清とうちを持つんだと云った。

その後ある人の周旋で街鉄の技手になった。月給は二十五円で、家賃は六円だ。清は玄関付きの家でなくっても至極満足の様子であったが気の毒な事に今年の二月肺炎に罹って死んでしまった。死ぬ前日おれを呼んで坊っちゃん後生だから清が死んだら、坊っちゃんの御寺へ埋めてください。御墓のなかで坊っちゃんの来るのを楽しみに待っておりますと云った。だから清の墓は小日向の養源寺にある。（資料ｐ１７９より）

『坊っちゃん』の冒頭を読むと、ユーモア小説か軽い読み物であるかのように思えるが、結末を見ると、現今二世にわたって深くつながった純粋な母性と慈愛の持ち主である下女と、一本気で真っ直ぐな主人公による、現実の母子でも見られない無縁の慈悲の物語である。人の世では決してあり得ない、彼岸の世界の出来事だ。

結び

仏教思想で言えば、主人公と清は縁起の関係にある。縁起というのは、坊っちゃんと清は、それぞれ単独ではその良さは発揮されない。清があっての坊っちゃんであり、坊っちゃんがあって始めて清の良さが引き立つ。いわば二人が関わり合うことで、二人の良さが現れるのである。仏教の言葉で例えれば、主人公は凡夫（機）であり、清は弥陀（法）である。そしてこの機と法は一体である。主人公は清を信仰（信頼）し、清は主人公に慈悲（無限の愛情）を与えている。これを人間世界に当てはめれば、親子の関係に近い。清は坊っちゃんにとって親様なのである。浄土真宗では弥陀のことを親しみを込めて、そのように呼ぶ。さらに、清も主人公も私欲を去って関わっているから、漱石の所謂「則天去私」と呼んでもよいのかもしれない。

だが、主人公は哲学的、宗教的な人間ではないから、それらの分野については、清との人間関係、山嵐の発言、赤シャツの言葉などで述べられている。別の言葉を借りて表現すれば、主人公と清の関係については、凡夫と弥陀仏の関係をもって置き換えることができる。凡夫の信仰と弥陀の慈悲こそが、主人公が清を慕う気持ち、清が主人公に注ぐ慈愛に近い。主人公と清の関係を浮き彫りにするために、正義の士である山嵐や清と対極にある赤シャツが描かれている。赤シャツの人間としての醜さがあるからこそ清の心の美しさが照らし出されるというわけだ。醜い人間がいるから、慈悲の弥陀が欠かせないのだ。よく出来たキャラクターの創造と配役である。これらを見ても、漱石が仏教思想から強い影響を受けていることが分かるだろう。

三、山嵐の章

私が山嵐の章を設けたのは、漱石の教育論を紹介するためである。

坊っちゃんが奉職した四国の中学校で教師らしい教師と言えば、山嵐の他にはいない。坊っちゃんも将来性を考えれば良い教師になる可能性はあるが、現状では生徒にも慕われてる山嵐だと言えるだろう。

山嵐は会津の生まれである。会津っぽは骨がある。正義感が強く忠誠心がある。相手がいかに強くとも自分の信念を曲げない。会津松平藩の初代藩主は保科正之だ。徳川三代将軍家光の異母弟である。幼い頃、保科家に養子に出され、後に家光は彼を会津藩主にした。彼は養家に恩を感じて生涯保科を名乗った。二代目藩主以降は松平を名乗る。彼は家訓を残している。いついかなる時でも将軍家に忠誠を尽くせと。幕末には、藩主松平容保は京都守護職を務め、倒幕勢力と戦い、戊辰戦争でも薩長と刃を交え敗れたが、後世に称えられるような逸話を多く残した。会津の人は、時流に右顧左眄しない。一本骨が通っている。会津っぽとは、この藩風を讃えている言葉だ。漱石は山嵐を、会津人らしく正義感の強い立派な教師として描いている。

この小説での山嵐の描写は、職員会議（寄宿生が主人公にいたずらしたバッタ事件の処罰について）の場面での発言。この中学校生徒と師範学校生徒との喧嘩事件。最後の赤シャツと野だへの制裁。これらが大きな山場だが、最後の事件は「五、赤シャツの章」で触れることにする。

午後は、先夜おれに対して無礼を働いた寄宿生の処分法に就ての会議だ。（資料p78より）

校長の発言。赤シャツの意見、野だの赤シャツにへつらう言葉などが続いた後…

すると今までだまって聞いていた山嵐が奮然として、起ち上がった。野郎又赤シャツ賛成の意を表するな、どうせ、貴様とは喧嘩だ、勝手にしろと見ていると山嵐は硝子窓を振わせる様な声で「私は教頭及びその他諸君の御説には全然不同意であります。と云うものはこの事件はどの点から見ても、五十名の寄宿生が新来の教師某氏を軽侮してこれを翻弄しようとした所為とより外には認められんのであります。教頭はその源因を教師の人物如何に御求めになる様でありますが失礼ながらそれは失言かと思います。某氏が宿直にあたられたのは着後早々の事で、未だ生徒に接せられてから二十日に満たぬ頃であります。この短かい二十日間に於て生徒は君の学問人物を評価し得る余地がないのであります。軽侮されべき至当な理由があって、軽侮を受けたのなら生徒の行為に斟酌を加える理由もありましょうが、何等の源因もないのに新来の先生を愚弄する様な軽薄な生徒を寛仮しては学校の威信に関わる事と思います。教育の精神は単に学問を授けるばかりではない、高尚な、正直な、武士的な元気を鼓吹すると同時に、野卑な、軽躁な、暴慢な悪風を掃蕩するにあると思います。もし反動が恐しいの、騒動が大きくなるのと姑息な事を云った日にはこの弊風はいつ矯正出来るか知れません。かかる弊風を杜絶する為めにこそ吾々はこの学校に職を奉じているので、これを見逃がす位なら始めから教師にならん方がいいと思います。

私は以上の理由で寄宿生一同を厳罰に処する上に、当該教師の面前に於て公けに謝罪の意を表せしむるのを至当の所置と心得ます」と云いながら、どんと腰を卸した。一同だまって何も言わない。赤シャツは又パイプを拭き始めた。おれは何だか非常に嬉しかった。おれの云おうと思うところをおれの代りに山嵐がすっかり言ってくれた様なものだ。おれはこう云う単純な人間だから、今までの喧嘩《以前、行き違いがあって、山嵐と小さな喧嘩をしていたことをさす》はまるで忘れて、大いに難有いと云う顔を以て、腰を卸した山嵐の方を見たら、山嵐は一向知らん面をしている。（資料p85～87より）

山嵐の発言の中で「教育とは何か」「教師とは如何にあるべきか」という漱石の教育論が述べられている。

教育の精神は「単に学問を授けるばかりではない」と。

教師は生徒に学問を授けるのが大切な仕事であることは言うまでもない。だが、それだけでは十分ではないと漱石は考える。精神的なものを授けることもまた重要だと。具体的には、「高尚な、正直な、武士的な元気」を授けることが重要なのだ。抽象的な表現だが、要するに精神的、道徳的に高尚なものを志向すべきであると言っているのである。武士的な元気という言葉は、武士道が貴ばれた明治の風潮を偲ばせるが、現代の感覚から見れば古臭く見える。今の人間の理想的な在りようになぞらえれば、「正義を貫く」「権力に阿らない」「弱き者を慈しむ」「国家と社会に尽くす」「目上の人を尊敬する」などといったことを具体的に指しているものと思われる。

他方、してはいけない行為としては、「野卑なこと」である。漱石は江戸っ子で新宿の名主の家に生まれた。ロンドンに2年間留学しており、さらに帝大という最高学府に学んだ洗練されたインテリゲンチャだから、これと対極にある「野卑なもの」「軽々しい行為」「暴力的」な行動には嫌悪に情を感じていたと思われる。さらに、禅に帰依し参禅した経験があることから、仏教が忌み嫌う「自己中心的な生き方」も嫌っている。

山嵐に発言させた教育論の内容は、作者自身の考える教育論でもあるだろう。『坊っちゃん』が小説として非凡なのは、作者の人生哲学がさりげなく散りばめられているからでもある。

漱石の晩年の思想を代表する言葉「則天去私」の萌芽が、この小説において既に見られる。このように『坊っちゃん』は、単なるユーモア小説、大衆小説ではないのだ。

それから二人の間にこんな問答が起こった。


「君は一体どこの産だ」

「おれは江戸っ子だ」

「うん、江戸っ子か、道理で負け惜しみが強いと思った」

「君はどこだ」

「僕は会津だ」

「会津っぽか、強情な訳だ。今日の送別会へ行くのかい」

「行くとも、君は？」

「おれは無論行くんだ。古賀さんが立つ時は、浜まで見送りに行こうと思ってる位だ」

「送別会は面白いぜ、出て見たまえ。今日は大に飲む積だ」

〈…中略…〉

「何でもいい、送別会へ行く前に一寸おれのうちへ御寄り、話しがあるから」

山嵐は約束通りおれの下宿へ寄った。おれはこの間から、うらなり君の顔を見る度に気の毒で堪らなかったが、愈送別の今日となったら、何だか憐れっぽくって、出来る事なら、おれが代りに行ってやりたい様な気がしだした。それで送別会の席上で、大に演説でもしてその行を盛にしてやりたいと思うのだが、おれのべらんめえ調子じゃ、到底物にならないから、大きな声を出す山嵐を雇って、一番赤シャツの荒肝を挫いでやろうと考え付いたから、わざわざ山嵐を呼んだのである。

おれはまず冒頭としてマドンナ事件から説き出したが、山嵐は無論マドンナ事件はおれより詳しく知っている。おれが野芹川の土手の話をして、あれは馬鹿野郎だと云ったら、山嵐が君はだれを捕まえても馬鹿呼ばわりをする。今日学校で自分の事を馬鹿と云ったじゃないか。自分が馬鹿なら、赤シャツは馬鹿じゃない。自分は赤シャツの同類じゃないと主張した。それじゃ赤シャツは腑抜けの呆助だと云ったら、そうかも知れないと山嵐は大に賛成した。山嵐は強い事は強いが、こんな言葉になると、おれより遥かに字を知っていない。会津っぽなんてものはみんな、こんな、ものなんだろう。

　それから増給事件と将来重く登用すると赤シャツが云った話をしたら山嵐はふふんと鼻から声を出して、それじゃ僕を免職する考えだなと云った。免職する積だって、君は免職になる気かと聞いたら、誰がなるものか、自分が免職になるなら、赤シャツも一所に免職させてやると大に威張った。どうして一所に免職させる気かと押し返して尋ねたら、そこはまだ考えていないと答えた。山嵐は強そうだが、智慧はあまりなさそうだ。おれが増給を断わったと話したら、大将大きに喜んでさすが江戸っ子だ、えらいと賞めてくれた。

　うらなりが、そんなに厭がっているなら、何故留任の運動をしてやらなかったと聞いてみたら、うらなりから話を聞いた時は、既にきまってしまって、校長へ二度、赤シャツへ一度行って談判してみたが、どうする事も出来なかったと話した。それに就ても古賀があまり好人物過ぎるから困る。赤シャツから話があった時、断然断わるか、一応考えてみますと逃げればいいのに、あの弁舌に誤魔化されて、即席に許諾したものだから、あとから御母さんが泣きついても、自分が談判に行っても役に立たなかったと非常に残念がった。

（資料p127～130より）

山嵐は正義感からうらなり君の気持ちを汲んで、校長狸と赤シャツに談判をしている。是は是、非は非として、自己の信念に基づいて行動しているのだ。この行為は、清のように無私の精神から来ている。漱石は晩年「則天去私」を哲学の基盤に据えたが、その思想の発芽がここでも見られる。

今度の事件は全く赤シャツが、うらなりを遠けて、マドンナを手に入れる策略なんだろうとおれが云ったら、無論そうに違いない。あいつは大人しい顔をして、悪事を働いて、人が何か云うと、ちゃんと逃道を拵らえて待ってるんだから、余っ程奸物だ。あんな奴にかかっては鉄拳制裁でなくっちゃ利かないと、瘤だらけの腕をまくって見せた。おれは序でだから、君の腕は強そうだな柔術でもやるかと聞いてみた。（資料ｐ１３０より）

山嵐は単純なだけの人間ではない。人を見る目もある。自分の持つ鏡に照らして、人物の本質を感じ取っている。赤シャツの言葉に惑わされず、その本質のねじ曲がった在りようを見抜いている。まっとうな倫理観も持っている。

君はどうだ、今夜の送別会に大に飲んだあと、赤シャツと野だを撲ってやらないかと面白半分に勧めてみたら、山嵐はそうだなと考えていたが、今夜はまあよそうと云った。何故と聞くと、今夜は古賀に気の毒だから――それにどうせ撲る位なら、あいつの悪い所を見届て現場で撲らなくちゃ、こっちの落度になるからと、分別のありそうな事を附加した。

（資料p131より）

この二人は、赤シャツのような弁舌の士には理屈では真実が通じないと思っており、鉄拳制裁が有効であると考えている。

次の文章は、うらなり君の送別会での、赤シャツと山嵐の発言だ。

「赤シャツが起つ。〈…中略…〉ことに赤シャツに至って三人のうちで一番うらなり君をほめた。この良友を失うのは実に自分に取って大なる不幸であるとまで云った。しかもそのいい方がいかにも、尤もらしくって、例のやさしい声を一層やさしくして、述べ立てるのだから、始めて聞いたものは、誰でもきっとだまされるに極ってる。マドンナも大方この手で引掛けたんだろう。赤シャツが送別の辞を述べ立てている最中、向側に坐っていた山嵐がおれの顔を見て一寸稲光をさした。おれは返電として、人指し指でべっかんこうをして見せた。

赤シャツが席に復するのを待ちかねて、山嵐がぬっと立ち上がったから、おれは嬉しかったので、思わず手をぱちぱちと拍った。すると狸を始め一同が悉くおれの方を見たには少々困った。山嵐は何を云うかと思うと只今校長始めことに教頭は古賀君の転任を非常に残念がられたが、私は少々反対で古賀君が一日も早く当地を去られるのを希望しております。延岡は僻遠の地で、当地に比べたら物質上の不便はあるだろう。が、聞くところによれば風俗の頗る純朴な所で、職員生徒悉く上代樸直の気風を帯びているそうである。心にもない御世辞を振り蒔いたり、美しい顔をして君子を陥れたりするハイカラ野郎は一人もないと信ずるからして、君の如き温良篤厚の士は必ずその地方一般の歓迎を受けられるに相違ない。吾輩は大に古賀君の為にこの転任を祝するのである。終りに臨んで君が延岡に赴任されたら、その地の淑女にして、君子の好逑となるべき資格あるものを択んで一日も早く円満なる家庭をかたち作って、かの不貞無節なる御転婆を事実の上に於て漸死せしめん事を希望します。えへんえへんと二つばかり大きな咳払いをして席に着いた。おれは今度も手を叩こうと思ったが、又みんながおれの面をみるといやだから、やめにして置いた。（資料p133〜135より）

赤シャツの送別の辞は、社交辞令に溢れており、その中に本音はない。これに対して山嵐が、赤シャツの発言の欺瞞性、これに追随する教師たちの品性に欠ける事実を皮肉って本音を述べたため、主人公の心を打ったのである。

祝勝会《日清戦争の戦勝を祝う行事。明治二十八年七月に凱旋した松山連隊の歓迎会がおこなわれ漱石も教員生徒と共に参加した》で学校は御休みだ。練兵場で式があると云うので、狸は生徒を引率して参列しなくてはならない。おれも職員の一人として一所にくっついて行くんだ。町へ出ると日の丸だらけで、まぼしい位である。（資料p143より）

…いやいや、附いてくると、何だか先鋒が急にがやがや騒ぎ出した。同時に列はぴたりと留まる。変だから、列を右へはずして、向こうを見ると、大手町を突き当って薬師町へ曲がる角の所で、行き詰ったぎり、押し返したり、押し返されたりして揉み合っている。前方から静かに静かにと声を涸らして来た体操教師に何ですと聞くと、曲り角で中学校と師範学校が衝突したんだと云う。

中学と師範とはどこの県下でも犬と猿のように仲がわるいそうだ。なぜだかわからないが、まるで気風が合わない。何かあると喧嘩をする。大方狭い田舎で退屈だから、暇潰しにやる仕事なんだろう。おれは喧嘩は好きな方だから、衝突と聞いて、面白半分に駆け出して行った。すると前の方にいる連中は、しきりに何だ地方税の癖に、引き込めと、怒鳴ってる。後ろからは押せ押せと大きな声を出す。おれは邪魔になる生徒の間をくぐり抜けて、曲がり角へもう少しで出ようとした時に、前へ！　と云う高く鋭い号令が聞こえたと思ったら師範学校の方は粛々として進行を始めた。先を争った衝突は、折合がついたには相違ないが、つまり中学校が一歩を譲ったのである。〈…中略…〉

祝勝式は頗る簡単なものであった。旅団長が祝詞を読む、知事が祝詞を読む。参列者が万歳を唱える。それで御仕舞だ。〈…中略…〉（資料p146〜147より）

…偶然山嵐が話しにやって来た。今日は祝勝会だから、君と一所に御馳走を食おうと思って牛肉を買って来たと、竹の皮の包を袂から引きずり出して、座敷の真中へ抛り出した。おれは下宿で芋責豆腐責になってる上、蕎麦屋行き、団子屋行きを禁じられてる際だから、そいつは結構だと、〈…中略…〉

山嵐は無暗に牛肉を頬張りながら、君あの赤シャツが芸者に馴染のある事を知ってるかと聞くから、知ってるとも、この間うらなりの送別会の時に来た一人がそうだろうと云ったら、そうだ僕はこの頃漸く勘づいたのに、君は中々敏捷だと大にほめた。

「あいつは、ふた言目には品性だの、精神的娯楽だのと云う癖に、裏へ廻って、芸者と関係なんかつけとる、怪しからん奴だ。それもほかの人が遊ぶのを寛容するならいいが、君が蕎麦屋へ行ったり、団子屋へ這入るのさえ取締上害になると云って、校長の口を通して注意を加えたじゃないか」

「うん、あの野郎の考えじゃ芸者買は精神的娯楽で、天婦羅や、団子は物質的娯楽なんだろう。精神的娯楽なら、もっと大べらにやるがいい。何だあの様は。馴染の芸者が這入ってくると、入れ代りに席をはずして、逃げるなんて、どこまでも人を胡魔化す気だから気に食わない。そうして人が攻撃すると、僕は知らないとか、露西亜文学だとか、〈…中略…〉人を烟に捲く積りなんだ。…」

〈…中略…〉

「…それで赤シャツは人に隠れて、温泉の町の角屋へ行って、芸者と会見するそうだ」

「角屋って、あの宿屋か」

「宿屋兼料理屋さ。だからあいつを一番へこます為には、彼奴が芸者をつれて、あすこへ這入り込むところを見届けて置いて面詰するんだね」（資料p148～150より）

この後、二人は角屋への人の出入りが確認できる向かいの宿屋の二階の一室を借り切って、障子に穴を開けて数日間監視を続ける。主人公は赤シャツが芸者とともに角屋に現れることに若干の疑問を抱くが、会津っぽの山嵐は、頑固さと自分の見識を信じる一徹さを持ち合わせており、何日か待てば必ず標的が現れることを信じて疑わない。このあたりが、気の短い江戸っ子と粘り強い会津っぽの気質の違いでもある。以後どうなるかは「赤シャツの章」を見ていただきたい。

結び

若い頃この作品を読んだ時と、今回、コメントをつけるために読み直してみて一番感想で異なったのは、主人公と清との関係である。仏教では、関係という言葉を使う時は、しばしば縁起の意味に使われている。物も人も、それ自体としての在りようでは存在できない（無自性）が、お互いが関係することによってのみ存在し得るという意味で縁起という言葉は使われる。

当初筆者は、主人公と清は雇用主の息子と下女の関係と単純に考えていたが、この作品を読み返してみると、実際はそのような単純な意味で使われてはいない。さらに一段と心の深層で関わった状況を表象しているのである。ここで言う心の深層とは、仏教で言う自性、仏性（存在の在りよう、関わりよう）、哲学で説く現存在の領域で関わっていると表現したほうが適切だ。この作品の主人公と清の場合、存在ではどのような関わり方をしているのか。ここでは主客逆転している。清が主体で坊っちゃんが客体である。言い換えると、清が仏で坊っちゃんは衆生である。つまり清は大慈悲心で坊っちゃんを救いとる働きをしているのだ。この二人が登場する場面のみならず、主人公と清の往復書簡の内容からも弥陀と凡夫の関係を彷彿とさせる。漱石は宗教哲学的深層を下部構造として、読者が読み飛ばすストーリーを上部構造として、この作品を構成している。それゆえ読めば読むほど、この作品の奥深さを感じることができる。一見して感じる以上に深い内容を持つ作品である。

作品を読み進めていくと、主人公が苦境にある時、常に清が慈悲のような心で坊っちゃんを包み込み、救い出している。

読者はもうお分かりだろう。私は浄土真宗が説いている、弥陀と凡夫の関わりようを二人の関係に当てはめているのだ。浄土真宗では弥陀を親様ともいう。凡夫を子供に見立て、弥陀を親に例えているのだ。坊っちゃんにとって清は親（親様）なのである。二人は現存在のところで関わっているのだ。漱石はこの作品を書いた意図の深謀遠慮がが分かる。

さて、漱石の本文に沿ってコメントしよう。この作品に山嵐という数学の教師が登場する。教師としての彼は、坊っちゃんと同じ教科を教える先輩だ。会津の出となっており、真っ直ぐで剛直な人柄を利用して、漱石は自身の教育論を彼に論じさせている。この小説では坊っちゃんと清の関係に次ぐ重要な役割を山嵐に演じさせているのだ。漱石はこの作品を構想する時、明治後期の四国の中学校を舞台に選んだ。彼が松山の中学校に赴任したのは明治28年4月で、教師を辞めて帰ったのは同年の12月だ。勤務した期間はわずか9か月である。松山にいた期間も中学教育にたずさわった期間も短いのだが、高等学校にも勤務していたから、教育に対して一家言持っていたと思われる。その体験が漱石の教育論となったのである。この教育論の実践展開がこの作品の花となっている。もし、教育論がなく、坊っちゃんと清の関係、マドンナと男子教師の三角関係、主人公、山嵐と赤シャツ、野だとの喧嘩、中学生と師範学校生の集団喧嘩のみの描写だけでは、作品の内容として物足りない。漱石の小説らしくないのだ。

山嵐は四国の中学校の教師仲間であり、正義を行う際には同志でもある。漱石は山嵐を骨太な「正義の士」として描いている。いわゆるバッタ事件での生徒の処分の職員会議では、山嵐に教育の正義とは何かを論じさせている。作者は正義を行うことこそが良い教育と考えているからである。世間のことをよく知っており、事に当たって策を練るのが上手い。

さて「三、山嵐の章」では、教頭で二重人格、私利私欲のためなら手段を選ばない赤シャツの本質を見抜き、有効な制裁を加える。この発端はマドンナだ。彼女に惚れた赤シャツが、汚い手を使って、彼女の婚約者うらなり君をここから遠い日向（宮崎県）の延岡に追放する。去る者日日にうとしを利用してマドンナを手名付けてしまうのだ。

さらに、この陰謀を見抜いて反対する山嵐を辞職させるために生徒の喧嘩事件を起こし、山嵐が喧嘩を煽ったと四国新聞にガセネタをつかませて大々的に報じさせ、校長の狸を動かして辞任に追い込む。このように山嵐は赤シャツにとっては不倶戴天の敵であり、天下取りの一番の障害でもある。

本音と建前が一致し本音で生きている、生徒に人気のある山嵐は、本音と建前が大きく乖離している赤シャツにとっては、この中学校を意のままに操るためには邪魔になる男である。

作者は赤シャツや野だが蠢く泥沼に、一輪の蓮の花のような山嵐を植えることによって、教育の何たるかを読者に示唆している。主人公は山嵐の相談相手兼助手として働く。

これが縁で、彼は早々に職場を辞して、清のもとに帰ることができた。

四、マドンナの章

マドンナというハイカラな名前は、下宿の婆さんの説明から主人公の知るところとなる。この章では「五、赤シャツの章」との関連で、マドンナとうらなり君について触れる。主人公が下宿している婆さんさんの言葉の要点を引用する。年寄りは人生経験が長いから、物知りだ。以下はマドンナに関する婆さんのウンチクである。


「…先生、あの遠山の御嬢さんを御存知かなもし」

「いいえ、知りませんね」

「〈…中略…〉ここらであなた一番の別嬪さんじゃがなもし。あまり別嬪さんじゃけれ、学校の先生方はみんなマドンナマドンナと言うといでるぞなもし。〈…中略…〉」

「うん、マドンナですか。僕あ芸者の名かと思った」

「いいえ、あなた、マドンナと云うと唐人の言葉で、別嬪さんの事じゃろうがなもし」

「そうかも知れないね。驚いた」

「大方画学の先生が御付けた名ぞなもし」

「野だがつけたんですかい」

「いいえ、あの吉川先生が御付けたのじゃがなもし」

「そのマドンナが不慥なんですかい」

「そのマドンナさんが不慥なマドンナさんでな、もし」

「厄介だね。渾名の付いてる女にゃ昔から碌なものは居ませんからね。そうかも知れません よ」

「ほん当にそうじゃなもし。鬼神のお松じゃの、妲己のお百じゃのてて怖い女が居りました なもし」

「マドンナもその同類なんですかね」

「そのマドンナさんがなもし、あなた。そらあの、あなたを此処へ世話をして御くれた古賀先生なもし――あの方の所へ御嫁に行く約束が出来ていたのじゃがなもし――」

「へえ、不思議なもんですね。あのうらなり君が、そんな艶福のある男とは思わなかった。人は見懸けによらないものだな。ちっと気を付けよう」

「ところが、去年あすこの御父さんが、御亡くなりて、――それまでは御金もあるし、銀行の株も持って御出るし、万事都合がよかったのじゃが――それからと云うものは、どういうものか急に暮し向きが思わしくなくなって――つまり古賀さんがあまり御人が好過ぎるけれ、御欺されたんぞなもし。それや、これやで御輿入も延びているところへ、あの教頭さんが御出でて、是非御嫁にほしいと御云いるのじゃがなもし」（資料p95～97より）

赤シャツがマドンナの鄙には稀な美貌に横恋慕することから、一つの事件が起こる。まず、うらなり君を本人の意思に反して延岡に転勤させる。俺に抗議した山嵐を追放するために、師範学校生と中学生の喧嘩事件を煽って、この喧嘩の仲裁に入った善意の山嵐と主人公を喧嘩を煽った悪徳教師に仕立て上げて、つてを利用して四国新聞に二人を貶めるため事実無根の記事を書かせ、校長の狸に山嵐の辞職を促す。辞表を提出させるのだ。さて、婆さんの話を続ける。

「あの赤シャツがですか。ひどい奴だ。どうもあのシャツは只のシャツじゃないと思ってた。それから?」

「人を頼んで懸合うておみると、遠山さんでも古賀さんに義理があるから、すぐには返事は出来かねて――まあよう考えてみよう位の挨拶を御したのじゃがなもし。すると赤シャツさんが、手蔓を求めて遠山さんの方へ出入りをおしる様になって、とうとうあなた、御嬢さんを手馴付けておしまいたのじゃがなもし。赤シャツさんも赤シャツさんじゃが、御嬢さんも御嬢さんじゃてて、みんなが悪るく云いますのよ。一旦古賀さんへ嫁に行くてて承知をしときながら、今更学士さんが御出たけれ、その方に替えよてて、それじゃ今日様へ済むまいがなもし、あなた」

「全く済まないね。今日様どころか明日様にも明後日様にも、いつまで行ったって済みっこありませんね」

「それで古賀さんに御気の毒じゃてて、御友達の堀田さんが教頭の所へ意見をしに御行きたら、赤シャツさんが、あしは約束のあるものを横取りする積はない。破約になれば貰うかも知れんが、今のところは遠山家と只交際をしているばかりじゃ、遠山家と交際をするには別段古賀さんに済まん事もなかろうと御云いるけれ、堀田さんも仕方がなしに御戻りたそうな。赤シャツさんと堀田さんは、それ以来折合がわるいと云う評判ぞなもし」

〈……中略……〉

「赤シャツと山嵐たあ、どっちがいい人ですかね」

「山嵐て何ぞなもし」

「山嵐と云うのは堀田の事ですよ」

「そりゃ強い事は堀田さんの方が強そうじゃけれど、然し赤シャツさんは学士さんじゃけれ、働らきはある方ぞな、もし。それから優しい事も赤シャツさんの方が優しいが、生徒の評判は堀田さんの方がええというぞなもし」（資料p97〜99より）

こうして主人公はマドンナの人物、マドンナを手名付けた赤シャツの陰謀について知ることになった。両人とも噂は芳しくない。

ある日の事赤シャツが一寸君に話があるから、僕のうちまで来てくれと云うから、〈…中略…〉四時頃出掛けて行った。〈…中略…〉

赤シャツに逢って用事を聞いてみると、大将例の琥珀のパイプで、きな臭い烟草をふかしながら、こんな事を云った。「君が来てくれてから、前任者の時代よりも成績がよくあがって、校長も大いにいい人を得たと喜んでいるので――どうか学校でも信頼しているのだから、その積りで勉強していただきたい」

「へえ、そうですか、勉強って今より勉強は出来ませんが――」

「今の位で充分です。〈…中略…〉」

「〈…中略…〉もう少しして都合さえつけば、待遇の事も多少はどうにかなるだろうと思うんですがね」

「へえ、俸給ですか。俸給なんかどうでもいいんですが、上がれば上がった方がいいですね」

「それで幸い今度転任者が一人出来るから――尤も校長に相談してみないと無論受け合

えない事だが――その俸給から少しは融通が出来るかも知れないから、〈…中略…〉」

「どうも難有う。だれが転任するんですか」

「〈…中略…〉実は古賀君です」

「古賀さんは、だってここの人じゃありませんか」

「ここの地の人ですが、少し都合があって――半分は当人の希望です」

「どこへ行くんです」

「日向の延岡で――土地が土地だから一級俸上って行く事になりました」

「誰か代りが来るんですか」

「代りも大抵極まってるんです。その代りの具合で君の待遇上の都合もつくんです」

「はあ、結構です。然し無理に上がらないでも構いません」（資料p112～115より）

主人公は下宿に帰って、婆さんとうらなり君の転勤の話をする。

「御婆さん古賀さんは日向へ行くそうですね」

「ほん当に御気の毒じゃな、もし」

「御気の毒だって、好んで行くんなら仕方がないですね」

「好んで行くて、誰がぞなもし」

「誰がぞなもしって、当人がさ。古賀先生が物数奇に行くんじゃありませんか」

「そりゃあなた、大違いの勘五郎ぞなもし」

「勘五郎かね。だって今赤シャツがそう云いましたぜ。それが勘五郎なら赤シャツは嘘つきの法螺右衛門だ」

「教頭さんが、そう御云いるのは尤もじゃが、古賀さんの御往きともないのも尤もぞなもし」

「そんなら両方尤もなんですね。御婆さんは公平でいい。一体どう云う訳なんですい」

「今朝古賀の御母さんが見えて、段々訳を御話したがなもし」

「どんな訳を御話したんです」

「あそこも御父さんが御亡くなりてから、あたし達が思う程暮し向が豊かにのうて御困りじゃけれ、御母さんが校長さんに御頼みて、もう四年も勤めているものじゃけれ、どうぞ毎月頂くものを、今少しふやして御くれんかてて、あなた」

「成程」

「校長さんが、ようまあ考えてみとこうと御云いたげな。それで御母さんも安心して、今に増給の御沙汰があろぞ、今月か来月かと首を長くし待って御いでたところへ、校長さんが一寸来てくれと古賀さんに御云いるけれ、行ってみると、気の毒だが学校は金が足りんけれ、月給を上げる訳にゆかん。然し延岡になら空いた口があって、其方なら毎月五円余分にとれるから、御望み通りでよかろうと思うて、その手続きにしたから行くがええと云われたげな。——」

「じゃ相談じゃない、命令じゃありませんか」

「左様よ。古賀さんはよそへ行って月給が増すより、元のままでもええから、ここに居りたい。屋敷もあるし、母もあるからと御頼みたけれども、もうそう極めたあとで、古賀さんの代りは出来ているけれ仕方がないと校長が御云いたげな」

「へん人を馬鹿にしてら、面白くもない。じゃ古賀さんは行く気はないんですね。どうれで変だと思った。五円位上がたって、あんな山の中へ猿の御相手をしに行く唐変木はまずないからね」

「唐変木て、先生なんぞなもし」

「何でもいいでさあ、――全く赤シャツの作略だね。よくない仕打だ。まるで欺撃ですね。それでおれの月給を上げるなんて、不都合な事があるものか。上げてやるったって、誰が上がって遣るものか」（資料p117〜119より）

主人公はうらなり君の延岡転勤の背後に、マドンナを手に入れたい赤シャツの策略があることを知り、大いに憤慨する。

結び

マドンナの背後には、常に赤シャツの影がちらつく。田舎育ちの若い女であるにもかかわらずマドンナは不誠実で利に敏い。私利私欲の原理で行動するし、義理を欠くから巷の評判はよろしくない。美貌ゆえに嫉妬を買っているということもあるだろう。若い娘というものは、初心《うぶ》で、純情で、理想を追い、美しいものを追い求めるというのが常識だから、若い美人が誠実さを放棄して利を求める姿は、人々に余計いびつな性格に見えるのかもしれない。

さて、ここでマドンナを取り上げたのは、彼女の性格を暴くためではなく、彼女が縁となって赤シャツが様々な事件を策動し、主人公と山嵐を葛藤に巻き込み、この四国の中学校に辞表をたたきつけて、それぞれの国へ帰ってしまう契機とするからである。

美人のことを傾城《けいせい》とも呼ぶが、これはかつて中国の故事に、一人の美女にうつつを抜かして国を滅ぼした王様がいたからである。一人の女で国を傾けるとは、なんともだらしがない。

規模こそ小さいが、正しくマドンナは、その類の女「傾城」である。この作品の中で、マドンナの登場する場面は多くないが、この中学校を大地震のように揺るがしたという点では、一章を設けるだけの価値はあるだろう。

五、赤シャツの章

『坊っちゃん』の構成は、大別して三つの時期に分けられることは既に述べた。

①生い立ちから物理学校を卒業するまで
②四国の中学校に奉職してから、辞表を校長に送りつけて東京に帰るまで
③東京に帰って清と同居してから、清が亡くなるまで

三つの中では終章が最も短いが、読者に与える感動は最も大きい。東京で過ごした幼少期、学生時代つまり生い立ちは、小説の構成から言えば序章に相当する。西洋の小説では
こうした人物紹介の部分は比較的長めに紙面を割いているが、漱石の初期の作品でも丁寧

に書かれている。本論を構成する必然性を論じているからだ。

そもそも漱石は、作家になる以前は高等学校の教師をしていたから、数多くの論文を書いている。それゆえ、初期の小説は論文に似た構成になっているのだ。『坊っちゃん』の構成も論文形式で、序論、本論、結論に似せて、序章、本文、終章という構成になっている。よって、私のこの小説の評論もそのような構成にしたのである。ただし、章のタイトルは人物別として、「一、坊っちゃんの章」「二、清の章」「三、山嵐の章」「四、マドンナの章」「五、赤シャツの章」とした。


「一、坊っちゃんの章」は、彼の生い立ちと清の果たした役割について。

「二、清の章」は、四国時代の往復書簡から見える坊っちゃんとの関係性について。

「三、山嵐の章」は、漱石の教育論の記述と実践について。

「四、マドンナの章」は、美女の傾城論について（裏返すと男は皆バカだという結論）。

「五、赤シャツの章」は、清と坊っちゃんの美しい関係について（醜い心の男を通して）。

単純な時系列で論じるより、特徴的な登場人物別に論じるほうが人間関係を理解しやすいと考え、こういう構成にしたのである。私は、漱石がこの小説で主要な登場人物に設定した坊っちゃん、清、赤シャツ、山嵐、マドンナの五人を重視し、特別に論ずることにした。

坊っちゃんは主人公であるから当然だ。

清は、坊っちゃんの人格形成にとって欠かすことのできない人物である。幼少年時代は、人の人格を形作る重要な時期である。家庭と学校、地域の人間関係が大きな影響を与える。坊っちゃんにとって、家庭は住みにくいところだった。両親の愛情に恵まれず、兄との関係も良いとは言えない。ただ一人の例外は清である。彼女は肉親ではなく、住み込みの下女だ。だが、清は坊っちゃんの人間性をよく理解していた。彼女の教育方針は、褒めて育てるやり方だ。これは、現在でも評価されている教育方法だ。人は褒められると伸びる。スパルタ教育は子供を委縮させる。漱石自身、若い頃、中学校、高等学校、帝国大学、そして松下村塾を彷彿とさせる私塾「漱石山房」などで英語や文学、哲学を教えており、著名な教え子や教育者、小説家などを輩出している。おそらく漱石自身も弟子を褒めて育てたのではないか。

『坊っちゃん』に登場する四国の中学校の教師の中で、生徒から信頼されている教師は、数学を教えていた「山嵐」だけのようだ。校長の「狸」、教頭の「赤シャツ」、図画の「野だ」たちは、漱石の目には、いかにも下らない教師に見えたことだろう。坊っちゃんは、新任だから点数は付けられないが、東京に帰ってからは教育に携わらず街鉄（東京市街鉄道株式会社）の技師になったから、教育者には向かないと人物設定をされていたようだ。山嵐は教師としては優れており、正義感が強い人物だが、性格に乱暴なところがあるから、人を育てることに向いていたかどうかは不明だ。他方、清は学問がないから教師には向かないが、人間を育てる能力に秀でていた。坊っちゃんに死ぬまで、いや来世まで慕われていたことからも分かる。彼女は表裏のない、本音と建前に乖離のない人物を育てたのだ。これは立派な人間教育である。

私は冒頭で、漱石の教育論云々と言ったが、清の坊っちゃんに対する教育こそ、彼が理想としていた教育の一面ではないだろうか。四国の中学校では、山嵐の正義感を重視した教育が一番だろう。彼のように「是は是、非は非、と口に出し、行動することができる教師は善い教師である」と漱石は述べている。単純明解な生き方だが、誰にでもできることではない。

主人公と赤シャツの人間関係は、清との関係とは対極にある。主人公の性格は、本音と建前の乖離が全くない。清も主人公と同様に、本音と建て前はほとんど一致している。だから二人は互いに信頼できるし、愛し合える。

他方、赤シャツは人当たりが良く、優しい言葉遣いをするけれども、その背後には冷酷な打算、裏切り、利己的な行動があるから、本音と建前の乖離は非常に大きいので、主人公は赤シャツの言動を信用できないのだ。

漱石はなぜ、この二人（清と赤シャツ）を描いたのか。対照的なキャラクターを創造することによって光と影のように両者が引き立ち、それぞれの人物像を立体化することができると考えたからだろう。

まず、赤シャツの描写を紹介する。主人公が中学校へ着任の挨拶に顔を出した日のことである。場所は職員室の中。この前に坊っちゃんは校長に着任の挨拶をしている。今度は校長が、坊っちゃんを教員に紹介することになったのだ。漱石の描写は、この小説に深い関係を持つ職員に限定している。無駄を省いているのだ。地位から言っても、この物語への関わりの深さから言っても、重要な人物について書いていく。

挨拶をしたうちに教頭のなにがしと云うのがいた。これは文学士だそうだ。文学士と云えば大学の卒業生《この時代、卒業生を輩出しているのは、東京帝国大学のみだから、大学の卒業生と云えば、それをさす》だからえらい人《第三者の目で書いている。漱石自身が東京帝大の卒業生、即ち学士様である》なんだろう。妙に女の様な優しい声を出す人だった。尤も驚いだのはこの暑いのにフランネルの襯衣を着ている。いくらか薄い地には相違なくっても暑いには極っている。文学士だけに御苦労千万な服装をしたもんだ。しかもそれが赤シャツ《坊っちゃんが、彼に赤シャツと云う渾名をつけた根拠は、この時の印象からだ》だから人を馬鹿にしている。あとから聞いたらこの男は年が年中赤シャツを着るんだそうだ。妙な病気があったものだ。当人の説明では赤は身体に薬になるから、衛生の為めにわざわざ誂らえるんだそうだが、いらざる心配だ。そんなら序に着物も袴も赤にすればいい。（資料p25〜26より）

学校には宿直があって、職員が代る代るこれをつとめる。但し狸と赤シャツは例外である。（資料p41より）

狸は校長の渾名だ。教頭とともに管理職だから宿直は免除されている。松山中学時代の漱石も帝大卒の学士で、俸給は校長より高額だと言われていたから、宿直は免除されていたに相違ない。それゆえ「バッタ事件」は、自身の経験ではないと思われる。おそらく伝聞に基づくものだろう。

坊っちゃんは赤シャツから釣りに誘われる。彼の派閥への一本釣りのために誘われたのだ。

君釣りに行きませんかと赤シャツがおれに聞いた。赤シャツは気味の悪るい様に優しい声を出す男である。まるで男だか女だか分りゃしない。男なら男らしい声を出すもんだ。ことに大学卒業生じゃないか。物理学校でさえおれ位な声が出るのに、文学士がこれじゃ見っともない。（資料p55〜56より）

赤シャツの第一印象が悪かったので、主人公は八つ当たりしているのだ。卒業大学と声の大きさは無関係である。

おれはそうですなあと少し進まない返事をしたら、君釣をした事がありますかと失敬な事を聞く。あんまりないが、子供の時、小梅の釣堀で鮒を三匹釣った事がある。それから神楽坂の毘沙門の縁日で八寸ばかりの鯉を針で引っかけて、しめたと思ったら、ぽちゃりと落としてしまったがこれは今考えても惜しいと云ったら、赤シャツは顋を前の方へ突き出してホホホホと笑った。何もそう気取って笑わなくっても、よさそうなものだ。「それじゃ、まだ釣の味は分らんですな。御望みならちと伝授しましょう」と頗る得意である。だれが御伝授をうけるものか。一体釣や猟をする連中はみんな不人情な人間ばかりだ。不人情でなくって、殺生をして喜ぶ訳がない。魚だって、鳥だって殺されるより生きてる方が楽に極まってる。釣や猟をしなくっちゃ活計がたたないなら格別だが、何不足なく暮している上に、生き物を殺さなくっちゃ寐られないなんて贅沢な話だ。こう思ったが向うは

文学士だけに口が達者だから、議論じゃ叶わないと思って、だまってた。（資料p56より）

この記述には、さりげない形で、漱石の殺生を嫌う仏教観が述べられている。

漱石は、江藤淳が指摘するように「儒教思想」をよりどころとしているというよりも、むしろ「仏教思想」をよりどころとしているのだ。彼は明治二十七年、鎌倉の円覚寺で釈宗演のもとで参禅した。二十七歳の時だ。その翌年に松山中学校に英語の教師として奉職した。『坊っちゃん』は明治三十九年に発表された。三十九歳の時だ。円覚寺に参禅後およそ十年を経ている。

…すると先生このおれを降参させたと疳違して、早速伝授しましょう。御ひまなら、今日どうです、一所に行っちゃ。吉川君と二人ぎりじゃ、淋しいから、来給えとしきりに勧める。吉川君と云うのは画学の教師で例の野だいこの事だ。この野だは、どういう了見だか、赤シャツのうちへ朝夕出入りして、どこへでも随行して行く。まるで同輩じゃない。主従みた様だ。赤シャツの行く所なら、野だは必ず行くに極っているんだから、今更驚ろきもしないが、二人で行けば済むところを、なんで無愛想のおれへ口を掛けたんだろう。

（資料p56〜57より）

主人公が最も嫌いなタイプの赤シャツから釣りに誘われ、迷った末、行くことになった。負け惜しみと意地っ張りのためだ。迷ったのは、赤シャツや同行する野だという付き合いたくない連中と同じ時間を過ごさなければならないからだ。苦痛を伴うに違いない。向こうは、自分たちのグループに引き入れたいからだろう。結局、主人公はこの釣りを楽しめなかったのだ。こういう人物たちは敬して遠ざけるのがいい。昔の偉い人は、そうしてきたから「敬して遠ざける」という格言が残っているのだ。という次第で、主人公は赤シャツとは別の道を歩くことになった。

『坊っちゃん』の前半部の山になる「バッタ事件」を紹介する。この事件の後始末を巡って開かれた職員会議で、赤シャツと主人公との関係は決定的になる。

漱石の記述を紹介する。

午後は、先夜おれに対して無礼を働いた寄宿生の処分法に就ての会議だ。会議と云うものは生まれて始めてだから頓と容子が分らないが、職員が寄って、たかって自分勝手な説をたてて、それを校長が好い加減に纏めるのだろう。纏めると云うのは黒白の決しかねる事柄に就いて云うべき言葉だ。この場合の様な、誰が見たって、不都合としか思われない事件に会議をするのは暇潰しだ。誰が何と解釈したって異説の出よう筈がない。こんな明白なのは即座に校長が処分してしまえばいいに。随分決断のない事だ。〈…中略…〉

会議室は校長室の隣りにある細長い部屋で、〈…中略…〉校長の隣りに赤シャツが構える。〈…中略…〉おれは様子が分らないから、博物の教師と漢学の教師の間に這入り込んだ。向うを見ると山嵐と野だが並んでいる〈…中略…〉

…では会議を開きますと狸は先ず書記の川村君に蒟蒻版を配布させる。見ると最初が処分の件、次が生徒取締の件、その他二三カ条である。狸は例の通り勿体ぶって〈…中略…〉こんな意味のことを述べた。「学校の職員や生徒に過失のあるのは、みんな自分の寡徳の致すところで、〈…中略…〉不幸にして今回もまたかかる騒動を引き起こしたのは、深く諸君に向って謝罪しなければならん。然し一たび起った以上は仕方がない、どうにか処分をせんければならん、〈…中略…〉善後策について腹蔵のない事を参考の為めに御述べ下さい」

おれは校長の言葉を聞いて、成程校長だの狸だのと云うものは、えらい事を云うもんだと感心した。こう校長が何もかも責任を受けて、自分の咎だとか、不徳だとか云う位なら、生徒を処分するのは、やめにして、自分から先へ免職になったら、よさそうなもんだ。そうすればこんな面倒な会議なんぞを開く必要もなくなる訳だ。〈…中略…〉彼はこんな条理に適わない議論を吐いて、得意気に一同を見廻した。ところが誰も口を開くものがない。〈…中略…〉会議と云うものが、こんな馬鹿気たものなら、欠席して昼寝でもしている方がましだ。〈…中略…〉赤シャツが何か云い出したから、〈…中略…〉「私も寄宿生の乱暴を聞いて甚だ教頭として不行届であり、かつ平常の徳化が少年に及ばなかったのを深く慚ずるのであります。でこう云う事は、何か陥欠があると起るもので、事件その物を見ると何だか生徒だけがわるい様であるが、その真相を極めると責任は却って学校にあるかも知れない。だから表面上にあらわれたところだけで厳重な制裁を加えるのは、却って未来の為によくないかとも思われます。かつ少年血気のものであるから活気があふれて、善悪の考えはなく、半ば無意識にこんな悪戯をやる事はないとも限らん。で固より処分法は校長の御考にある事だから、私の容喙する限ではないが、どうかその辺を御斟酌になって、なるべく寛大な御取計を願いたいと思います」

成程狸が狸なら、赤シャツも赤シャツだ。生徒があばれるのは、生徒がわるいんじゃない教師が悪るいんだと公言している。（資料p78〜83より）

…すると今までだまって聞いていた山嵐が奮然として、起ち上がった。〈…中略…〉山嵐は硝子窓を振わせる様な声で「私は教頭及びその他諸君の御説には全然不同意であります。と云うものはこの事件はどの点から見ても、五十名の寄宿生が新来の教師某氏を軽侮してこれを翻弄しようとした所為とより外には認められんのであります。教頭はその源因を教師の人物如何に御求めになる様でありますが失礼ながらそれは失言かと思います。某氏が宿直にあたられたのは着後早々の事で、未だ生徒に接せられてから二十日に満たぬ頃であります。この短かい二十日間に於て生徒は君の学問人物を評価し得る余地がないのでありります。軽侮されべき至当な理由があって、軽侮を受けたのなら生徒の行為に斟酌を加える理由もありましょうが、何等の源因もないのに新来の先生を愚弄する様な軽薄な生徒を寛仮しては学校の威信に関わる事と思います。教育の精神は単に学問を授けるばかりではない、高尚な、正直な、武士的な元気を鼓吹すると同時に、野卑な、軽躁な、暴慢な悪風を掃蕩するにあると思います。もし反動が恐しいの、騒動が大きくなるのと姑息な事を云った日にはこの弊風はいつ矯正出来るか知れません。かかる弊風を杜絶する為めにこそ吾々はこの学校に職を奉じているので、これを見逃がす位なら始めから教師にならん方がいいと思います。私は以上の理由で寄宿生一同を厳罰に処する上に、当該教師の面前に於て公けに謝罪の意を表せしむるのを至当の所置と心得ます」と云いながら、どんと腰を卸した。一同だまって何にも言わない。（資料p85〜86より）

以下に、狸、赤シャツ、山嵐の発言の要旨を挙げる。漱石の教育論が理解できる。まずは校長狸の発言から見てみよう。

「学校の職員や生徒に過失のあるのは、みんな自分の寡徳の致すところで、何か事件がある度に、自分はよくこれで校長が勤まるとひそかに慚愧の念に堪えんが、不幸にして今回もまたかかる騒動を引き起したのは、深く諸君に向って謝罪しなければならん。…」（資料p81より）

この見解は、建前論であって本来性から来たものではなく、あくまで現実性だ。本音からかけ離れた発言と言える。こういうところが狸と言われる所以だ。この発言と山嵐の具体的な教育論とを比較すれば、狸の発言に内容がないことが理解できる。赤シャツの発言に現れた教育観は、基本的には狸の教育論の発言の範疇には入る。次に赤シャツの発言はどうか。

「…事件その物を見ると何だか生徒だけがわるい様であるが、その真相を極めると責任は却って学校にあるかも知れない。だから表面上にあらわれたところだけで厳重な制裁を加えるのは、却って未来の為によくないかとも思われます。…」（資料p83より）

生徒の起こした新来教師に対するパワハラ事件の責任の所在をあいまいにすることを意図したものだ。校長や教頭は、この事件が県や文部省の目に止まることによって、学校を経営する能力の欠如を認識されることが恐ろしいのだ。自分たちの保身のための、もっともらしい発言である。漱石はそう指摘したいのだ。狸も赤シャツも、生徒の未来を心配しているのではないと。

漱石の本音は、次の山嵐の発言にある。

「…教育の精神は単に学問を授けるばかりではない。高尚な、正直な、武士的な元気を鼓吹すると同時に、野卑な、軽躁な、暴慢な悪風を掃蕩するにあると思います。もし反動が恐しいの、騒動が大きくなるのと姑息な事を云った日にはこの弊風はいつ矯正出来るか知れません。かかる弊風を杜絶する為めにこそ吾々はこの学校に職を奉じているので、これを見逃がす位なら始めから教師にならん方がいいと思います。…」（資料p86より）

教師は、高尚な、正直な、武士的な資質を必要とするのだ。それゆえ、野卑な、軽躁な、暴慢な悪風を掃討するのが役目なのだ。この精神、資質に欠けるものは教師たる資格がないというのが漱石の教育論、教師論である。この主張を具現化するために、漱石は生徒処分の職員会議の場面を創造したのだ。

　この作品に登場する唯一の美女マドンナは、評判が悪い。その理由は萩野という下宿の婆さんの話で分かる。


「…今時の女子は、昔と違うて油断が出来んけれ、御気を御付けたがええぞなもし」

〈…中略…〉

「まだ御存知ないかなもし。ここらであなた一番の別嬪さんじゃがなもし。あまり別嬪さんじゃけれ、学校の先生方はみんなマドンナマドンナと言うといでるぞなもし。まだお聞きんのかなもし」

〈…中略…〉

「そのマドンナが不慥《誠実》なんですかい」

「そのマドンナさんが不慥なマドンナさんでな、もし」

〈…中略…〉

「そのマドンナさんがなもし、〈…中略…〉あなたを此処へ世話をして御くれた古賀先生なもし――あの方の所へ御嫁に行く約束が出来ていたのじゃがなもし――」

「へえ、不思議なもんですね。あのうらなり君が、そんな艶福のある男とは思わなかった。人は見懸けによらないものだな。ちっと気を付けよう」

「ところが、去年あすこの御父さんが、御亡くなりて、――それまでは御金もあるし、銀行の株も持って御出るし、万事都合がよかったのじゃが――それからと云うものは、どういうものか急に暮し向きが思わしくなくなって――つまり古賀さんがあまり御人が好過ぎるけれ、御欺されたんぞなもし。それや、これやで御輿入れも延びているところへ、あの教頭さんが御出でて、是非御嫁にほしいと御云いるのじゃがなもし」

「あの赤シャツがですか。ひどい奴だ。どうもあのシャツは只のシャツじゃないと思ってた。それから?」

「人を頼んで懸合うておみると、遠山さん《マドンナのこと》でも古賀さんに義理があるから、すぐには返事は出来かねて――まあよう考えてみよう位の挨拶を御したのじゃがなもし。すると赤シャツさんが、手蔓を求めて遠山さんの方へ出入をおしる様になって、とうとうあなた、御嬢さんを手馴付けておしまいたのじゃがなもし。赤シャツさんも赤シャツさんじゃが、御嬢さんも御嬢さんじゃてて、みんなが悪るく云いますのよ。一旦古賀さんへ嫁に行くてて承知をしときながら、今更学士さんが御出たけれ、その方に替えよてて、それじゃ今日様へ済むまいがなもし、あなた」

「全く済まないね。今日様どころか明日様にも明後日様にも、いつまで行ったって済みっこありませんね」

「それで古賀さんに御気の毒じゃてて、御友達の堀田さんが教頭の所へ意見をしに御行きたら、赤シャツさんが、あしは約束のあるものを横取りする積はない。破約になれば貰うかも知れんが、今のところは遠山家と只交際をしているばかりじゃ、遠山家と交際をするには別段古賀さんに済まん事もなかろうと御云いるけれ、堀田さんも仕方がなしに御戻りだそうな。赤シャツさんと堀田さんは、それ以来折合がわるいと云う評判ぞなもし」

（資料p94～98より）

うらなり君の婚約者マドンナが、古賀家が当主の死去によって没落したため、婚約をうやむやにしてしまった。そこに付け込んだ赤シャツが、遠山家に接近してマドンナを手名付け、事実上の婚約者になってしまった。その事実を知った山嵐が、赤シャツに意見をしに行ったら、自分が遠山家と交際するのが何で悪いと開き直られた。山嵐は赤シャツの言葉に納得しなかったが、それ以上説得する言葉もないので引き下がった。だが、この件以来、赤シャツの手口に反感を持ち、機会があれば鉄槌を加えたいと考えていた。

だが、うらなり君が延岡への転勤を一旦承諾しながら撤回を申し出ると、赤シャツは自分の都合から狸に手を回して、拒絶させた。その汚いやり方に不満を持ち、うらなり君に同情的な主人公と山嵐は赤シャツの行動を見張り、教師にあるまじき行為をしているという風聞を耳にするや、制裁を加えることとして、赤シャツが出入りする芸子の置屋を監視し、赤シャツの行動の現場を押さえて、行動することにした。以下の監視行動は、そのためのものである。

赤シャツは先手を打って、主人公を日清戦争の祝勝会の余興を見に行かせた。中学校の生徒と師範学校の生徒との集団の喧嘩が始まり、喧嘩に興味のある主人公と山嵐は現場に駆けつけ、仲裁に入った。だが、喧嘩に巻き込まれた。

巡査が十五六名来たのだが、《喧嘩慣れした師範学校と中学校の》生徒は反対の方面から退却したので、捕まったのは、おれと山嵐だけである。おれらは姓名をつげて、一部始終を話したら、ともかくも警察まで来いと云うから、警察へ行って、署長の前で事の顛末を述べて下宿に帰った。

〈…中略…〉

あくる日眼が覚めてみると、〈…中略…〉婆さんが四国新聞を持って来て枕元へ置いてくれた。〈…中略…〉寐ながら、二頁を開けて見ると驚ろいた。昨日の喧嘩がちゃんと出ている。喧嘩の出ているのは驚ろかないのだが、中学の教師堀田某と、近頃東京から赴任した生意気なる某とが、順良なる生徒を使嗾してこの騒動を喚起せるのみならず、両人は現場にあって生徒を指揮したる上、漫りに師範生に向って暴行を擅にしたりと書いて、次にこんな意見が附記してある。〈…中略…〉当局者は相当の処分をこの無頼漢の上に加えて、彼等をして再び教育界に足を入るる余地なからしむる事を。〈…中略…〉おれは床の中で、糞でも喰らえと云いながら、むっくり飛び起きた。
〈…中略…〉
今日の新聞に辟易して学校を休んだなどと云われちゃ一生の名折れだから、飯を食っていの一号に出頭した。出てくる奴も、出てくる奴もおれの顔を見て笑っている。〈…中略…〉
それから山嵐が出頭した。〈…中略…〉
教場へ出ると生徒は拍手を以て迎えた。先生万歳と云うものが二三人あった。景気がいいんだか、馬鹿にされてるんだか分からない。おれと山嵐がこんなに注意の焼点となってるなかに、赤シャツばかりは平常の通り傍へ来て、どうも飛んだ災難でした。僕は君等に対して御気の毒でなりません。新聞の記事は校長とも相談して、正誤を申し込む手続きにして置いたから、心配しなくてもいい。
〈…中略…〉
帰りがけに山嵐は、君赤シャツは臭いぜ、用心しないとやられるぜと注意した。どうせ臭いんだ、今日から臭くなったんじゃなかろうと云うと、君まだ気が付かないか、きのうわざわざ、僕等を誘い出して喧嘩のなかへ、捲き込んだのは策だぜと教えてくれた。成程そこまでは気がつかなかった。山嵐は粗暴な様だが、おれより智慧のある男だと感心した。

「ああやって喧嘩をさせて置いて、すぐあとから新聞屋へ手を廻してあんな記事をかかせたんだ。実に奸物だ」

「新聞までも赤シャツか。そいつは驚いた。然し新聞が赤シャツの云う事をそう容易く聴くかね」

「聴かなくって。新聞屋に友達が居りゃ訳はないさ」

「友達が居るのかい」

「居なくても訳はないさ。嘘をついて、事実これこれだと話しゃ、すぐ書くさ」

「ひどいもんだな。本当に赤シャツの策なら、僕等はこの事件で免職になるかも知れないね」

「わるくすると、遣られるかも知れない」

〈…中略…〉

「あんな奸物の遣る事は、何でも証拠の挙がらない様に、挙がらない様にと工夫するんだから、反駁するのはむずかしいね」

「厄介だな。それじゃ濡衣を着るんだね。面白くもない。天道是耶非かだ」

「まあ、もう二三日様子を見ようじゃないか。それで愈となったら、温泉の町で取って抑えるより仕方がないだろう」

「喧嘩事件は、喧嘩事件としてか」

「そうさ。こっちはこっちで向うの急所を抑えるのさ」

「それもよかろう。おれは策略は下手なんだから、万事宜しく頼む。いざとなれば何でもする」

おれと山嵐はこれで分れた。赤シャツが果して山嵐の推察通りをやったのなら、実にひどい奴だ。到底智慧比べで勝てる奴ではない。どうしても腕力でなくっちゃ駄目だ。成程世界に戦争は絶えない訳だ。個人でも、とどの詰りは腕力だ。（資料p158〜165より）

日清戦争の祝賀会の夜の余興の時、主人公と山嵐が師範学校生と中学生の喧嘩の現場にいたという事実の理由を捻じ曲げて、四国新聞の捏造記事（赤シャツの策略で知人の四国新聞社に書かせた記事には、喧嘩を停めるために行動した二人が喧嘩を煽ったように書かれていた）に基づいて、校長の命令として山嵐のみに辞表を提出するように申し渡した。

…ある日の午後、山嵐が憤然とやって来て、愈時機が来た、おれは例の計画を断行する積だと云うから、そうかそれじゃおれもやろうと、即座に一味徒党に加盟した。ところが山嵐が、君はよす方がよかろうと首を傾けた。何故と聞くと君は校長に呼ばれて辞表を出せと云われたかと尋ねるから、いや云われない。君は？　と聴き返すと、今日校長室で、まことに気の毒だけれども、事情已を得んから処決してくれと云われたとの事だ。

「そんな裁判はないぜ。狸は大方腹鼓を叩き過ぎて、胃の位置が顛倒したんだ。君とおれは、一所に、祝勝会へ出てさ、一所に高知のぴかぴか踊りを見てさ、一所に喧嘩をとめに這入ったんじゃないか。辞表を出せというなら公平に両方へ出せと云うがいい。なんで田舎の学校はそう理屈が分らないんだろう。焦慮いな」

「それが赤シャツの指金だよ。おれと赤シャツとは今までの行懸り上到底両立しない人間だが、君の方は今の通り置いても害にならないと思ってるんだ」

「おれだって赤シャツと両立するものか。害にならないと思うなんて生意気だ」

「君はあまり単純過ぎるから、置いたって、どうでも胡魔化されると考えてるのさ」

「猶悪いや。誰が両立してやるものか」

〈…中略…〉

翌日おれは学校へ出て校長室へ入って談判を始めた。

「何で私に辞表を出せと云わないんですか」

「へえ?」と狸はあっけに取られている。

「堀田にはだせ、私には出さないで好いと云う法がありますか」

「それは学校の方の都合で……」

「その都合が間違ってまさあ。私が出さなくって済むなら堀田だって、出す必要はないでしょう」

「その辺は説明が出来かねますが――堀田君は去られても已を得んのですが、あなたは辞表を御出しになる必要を認めませんから」

成程狸だ、要領を得ない事ばかり並べて、しかも落ち付き払ってる。おれは仕様がない

から
「それじゃ私も辞表を出しましょう。堀田君一人辞職させて、私が安閑として、留まっていられると思っていらっしゃるかも知れないが、私にはそんな不人情な事は出来ません」

〈…中略…〉

山嵐は愈辞表を出して、職員一同に告別の挨拶をして、〈…中略…〉温泉の町の枡屋の表二階へ潜んで、障子へ穴をあけて覗き出した。（資料p166〜169より）

「見届けるって、夜番でもするのかい」

「うん、角屋の前に枡屋と云う宿屋があるだろう。あの表二階をかりて、障子へ穴をあけて、見ているのさ」

「見ているときに来るかい」

「来るだろう。どうせ一と晩じゃいけない。二週間ばかりやる積りでなくっちゃ」

〈…中略…〉

「それじゃ、いつから始める積りだい」

「近々のうちにやるさ。いずれ君に報知をするから、そうしたら、加勢してくれ給え」
「よろしい、いつでも加勢する。僕は計略は下手だが、喧嘩とくるとこれで中々すばしこいぜ」（資料p150～151より）

二人は赤シャツ退治の相談をした。

…赤シャツが忍んで来ればどうせ夜だ。しかも宵の口は生徒やその他の目があるから、少なくとも九時過ぎに極ってる。最初の二晩はおれも十一時頃まで張番をしたが、赤シャツの影も見えない。〈…中略…〉四五日すると、うちの婆さんが少々心配を始めて、奥さんの御有りるのに、夜遊びはおやめたがええぞなもしと忠告した。そんな夜遊びとは夜遊びが違う。こっちのは天に代って誅戮を加える夜遊びだ。〈…中略…〉七日目にはもう休もうかと思った。そこへ行くと山嵐は頑固なものだ。宵から十二時過までは眼を障子へつけて、角屋の丸ぼやの瓦斯燈の下を睨めっきりである。〈…中略…〉どうも来ない様じゃないかと云うと、うん、慥かに来る筈だがと時々腕組をして溜息をつく。可愛想に、もし赤シャツが此所へ一度来てくれなければ、山嵐は、生涯天誅を加える事は出来ないのである。八日目には七時頃から下宿を出て、まず緩るりと湯に入って、〈…中略…〉例の赤手拭を肩へ乗せて、懐手をしながら、桝屋の階子段を登って山嵐の座敷の障子をあけると、おい有望々々と韋駄天の様な顔は急に活気を呈した。〈…中略…〉この顔色を見たら、おれも急にうれしくなって、何も聞かない先から、愉快々々と云った。

「今夜七時半頃あの小鈴と云う芸者が角屋へ這入った」

「赤シャツと一所か」

「いいや」

「それじゃ駄目だ」

「芸者は二人づれだが、――どうも有望らしい」

「どうして」

「どうしてって、ああ云う狡い奴だから、芸者を先へよこして、後から忍んでくるかも知れない」

「そうかも知れない。もう九時だろう」

〈…中略…〉

…からんからんと駒下駄を引き擦る音がする。眼を斜めにするとやっと二人の影法師が見える位に近付いた。

「もう大丈夫ですね。邪魔ものは追っ払ったから」正しく野だの声である。「強がるばかりで策がないから、仕様がない」これは赤シャツだ。「あの男もべらんめえに似ていますね。あのべらんめえと来たら、勇み肌の坊っちゃんだから愛嬌がありますよ」「増給がいやだの辞表が出したいのって、ありゃどうしても神経に異状があるに相違ない」〈…中略…〉二人はハハハハハと笑いながら、瓦斯燈の下を潜って、角屋の中へ這入った。

「おい」

「おい」

「来たぜ」

「とうとう来た」

「これで漸く安心した」

〈…中略…〉

おれと山嵐は二人の帰路を要撃しなければならない。然し二人はいつ出て来るか見当がつかない。〈…中略…〉とうとう朝の五時まで我慢した。

角屋から出る二人の影を見るや否や、おれと山嵐はすぐあとを尾けた。一番汽車はまだないから、二人とも城下まであるかなければならない。温泉の町をはずれると一丁ばかりの杉並木があって左右は田圃になる。それを通りこすとここかしこに藁葺があって、畠の中を一筋に城下まで通る土手へ出る。町さえはずれれば、どこで追い付いても構わないが、なるべくなら、人家のない、杉並木で捕まえてやろうと、見えがくれについて来た。町を外れると急に駆け足の姿勢で、はやての様に後ろから、追い付いた。何が来たかと驚ろいて振り向く奴を待てと云って肩に手をかけた。野だは狼狽の気味で逃げ出そうと云う景色だったから、おれが前へ廻って行く手を塞いでしまった。

「教頭の職をもってるものが何で角屋へ行って泊った」と山嵐はすぐ詰りかけた。

「教頭は角屋へ泊って悪るいという規則がありますか」と赤シャツは依然として鄭寧な言葉を使ってる。顔の色は少々蒼い。

「取締上不都合だから、蕎麦屋や団子屋へさえ這入っていかんと、云う位謹直な人が、なぜ芸者と一所に宿屋へとまり込んだ」野だは隙を見ては逃げ出そうとするからおれはすぐ前に立ち塞がって「べらんめえの坊っちゃんた何だ」と怒鳴り付けたら、「いえ君の事を云ったんじゃないんです、全くないんです」と鉄面皮に言訳がましい事をぬかした。おれはこの時気がついて見たら、両手で自分の袂を握ってる。追っかける時に袂の中の卵がぶらぶらして困るから、両手で握りながら来たのである。おれはいきなり袂へ手を入れて、玉子を二つ取り出して、やっと云いながら、野だの面へ擲き付けた。玉子がぐちゃりと割れて鼻の先から黄味がだらだら流れだした。野だは余っ程仰天したものと見えて、わっと言いながら、尻持をついて、助けてくれと云った。おれは食う為めに玉子は買ったが、打つける為めに袂へ入れてる訳ではない。只肝癪のあまりに、ついぶつけるともなしに打つけてしまったのだ。然し野だが尻持を突いたところを見て始めて、おれの成功した事に気がついたから、此畜生、此畜生と云いながら残る六つを無茶苦茶に擲き付けたら、野だは顔中黄色になった。

おれが玉子をたたきつけているうち、山嵐と赤シャツはまだ談判最中である。

「芸者を連れて僕が宿屋へ泊ったと云う証拠がありますか」

「宵に貴様のなじみの芸者が角屋へ這入ったのを見て云う事だ。誤魔化せるものか」

「誤魔化す必要はない。僕は吉川君と二人で泊ったのである。芸者が宵に這入ろうが、這入るまいが、僕の知った事ではない」

「だまれ」と山嵐は拳骨を食わした。赤シャツはよろよろしたが「これは乱暴だ、狼藉である。理非を弁じないで腕力に訴えるのは無法だ」

「無法で沢山だ」とまたぽかりと撲ぐる。「貴様の様な奸物はなぐらなくっちゃ、答えないんだ」とぽかぽかなぐる。おれも同時に野だを散々に擲き据えた。仕舞には二人とも杉の根方にうずくまって動けないのか、眼がちらちらするのか逃げようともしない。

「もう沢山か、沢山でなけりゃ、まだ撲ってやる」とぽかんぽかんと両人でなぐったら

「もう沢山だ」と云った。野だに「貴様も沢山か」と聞いたら「無論沢山だ」と答えた。

「貴様等は奸物だから、こうやって天誅を加えるんだ。これに懲りて以来つつしむがいい。いくら言葉巧みに弁解が立っても正義は許さんぞ」と山嵐が云ったら両人共だまっていた。ことによると口をきくのが退儀なのかも知れない。

「おれは逃げも隠れもせん。今夜五時までは浜の港屋に居る。用があるなら巡査なりな

んなり、よこせ」と山嵐が云うから、おれも「おれも逃げも隠れもしないぞ。堀田と同じ所に待ってるから警察へ訴えたければ、勝手に訴えろ」と云って、二人してすたすたある き出した。

おれが下宿へ帰ったのは七時少し前である。部屋へ這入るとすぐ荷造りを始めたら、婆さんが驚いて、どう御しるのぞなもしと聞いた。御婆さん、東京へ行って奥さんを連れてくるんだと答えて勘定をすまして、すぐ汽車へ乗って浜へ来て港屋へ着くと、山嵐は二階で寐ていた。おれは早速辞表を書こうと思ったが、何と書いていいか分らないから、私儀都合有之辞職の上東京へ帰り申候につき左様御承知被下度候以上とかいて校長宛にして郵便で出した。

汽船は夜六時の出帆である。山嵐もおれも疲れて、ぐうぐう寐込んで眼が覚めたら、午後二時であった。下女に巡査は来ないかと聞いたら参りませんと答えた。

「赤シャツも野だも訴えなかったなあ」と二人で大きに笑った。

その夜おれと山嵐はこの不浄な地を離れた。船が岸を去れば去る程いい心持ちがした。神戸から東京までは直行で新橋へ着いた時は、漸く娑婆へ出た様な気がした。山嵐とはすぐ分かれたぎり今日まで逢う機会がない。

清の事を話すのを忘れていた。――おれが東京へ着いて下宿へも行かず、革鞄を提げたまま、清や帰ったよと飛び込んだら、あら坊っちゃん、よくまあ、早く帰って来て下さったと涙をぽたぽたと落した。おれも余り嬉しかったから、もう田舎へは行かない。東京で清とうちを持つんだと云った。（資料p169～179より）

『坊っちゃん』の主要なテーマである人間関係は、坊っちゃんと清を描くことで示されている。この二人の歴史は三つに分割できる。

・坊っちゃんの家庭的に不幸な幼少年時代
・成人して清と離れて四国の中学校に奉職している短い期間
・帰郷して清と同居してから清が亡くなるまでの清の晩年

この小説で一番紙面が割かれているのは四国に滞在している時の話であるが、坊っちゃんの人生においてはほんの短い期間のことである。一見、矛盾しているように思えるが、『坊っちゃん』は小説であって歴史書ではない。それゆえ、割かれた紙面の数と現実の時間の関係は大切ではない。二人が同居した時間が最も長いのは、坊っちゃんが成人するまで、清の保護を受けていた期間だろう。その次が、帰郷してから清が死ぬまでで、清と離れていた時間は最も短いに違いない。

だが、時間の長短で二人の関係の濃密さを測ることはできない。この期間は手紙の往復があって、二人の関係は濃やかに保たれていたのだ。

結び

赤シャツと主人公、清と主人公との関係は、対照的である。主人公は、本音と建て前つまり本来性と現実性との間に乖離がほとんどない。常に本音で生きている人だ。清もまた主人公同様に、毎日が本音の赴くままに暮らしている。だから人間として馬が合うのだ。

他方、赤シャツは他人に腹の中を読ませない。優しい言葉で話し、いかにも親切そうに振る舞うが、内心では私利私欲に走り、自分に従わない者に対しては策を錬って陥れる。教師仲間で最もそりが合わない山嵐に対して、彼を中学校から追放するためなら手段を選ばない。山嵐が中学校の生徒と師範学校の生徒の喧嘩の仲裁に入ったのに、あたかも喧嘩を煽ったかのような話をでっち上げて、自分の影響力のある四国新聞にこの喧嘩にまつわる山嵐の行動を、喧嘩を起こした張本人に仕立て上げる記事を大々的に報道させて、校長狸を唆して辞表を提出させて追放を試みる。

この町で一番の美形マドンナを手に入れるために陰険な策を錬る。マドンナは本来、英語の教師うらなり君の婚約者であったのだが、うらなり君が父親の死によって財政的に落ちぶれると、マドンナの実家遠山家がうらなり君との婚姻に躊躇し始める。その機に乗じて、赤シャツはうらなり君を騙して延岡に追放してしまい、学歴と職階、巧みな弁舌、策謀を上手く巡らせてマドンナを懐柔して交際を始める。

主人公に対しては、釣りに誘ったり、昇給を匂わせたり、山嵐の悪口を吹き込んで味方に引き入れようとするが、本来性・本音で生きる主人公は、赤シャツの如き本来性と現実性、本音と建て前の乖離が大きい人物とは水と油の如く合わないから、その試みは見事に失敗して敵に回してしまう。

このように赤シャツは人間性、思考、行動が極めて興味深い人物だ。主人公、清、山嵐のように本音だけで生きている人物ばかりを描いても小説としては立体感、影の部分がなくて、いかにも単調だ。その中に赤シャツのように複雑な性格の人物を放り込むことによってこの作品は成功している。蓮の花は泥の中で咲くから美しいのだ。ドロドロした人間性の赤シャツを登場させることで、清と坊っちゃんの関係が美しく見えるのである。

赤シャツには野だという腰ぎんちゃくが常時侍っている。山嵐に主人公がついているのと似た状況である。このような幾何学の対称軸のようなものを描くことによって、問題は複雑難解になって小説好きな人間には興味が深まるというわけだ。

後序

後序は各章の総まとめである。

序論と対比して読んでもらえれば、本書の構成と内容を一層理解していただけるだろう。時間のない人は序論と後序だけ読んでくだされば、私が本書で伝えたいと思っている大まかなことを分かってもらえるはずである。

後序で私が触れたいのは、主として坊っちゃんと清との「特殊で美しい人間関係」である。漱石は『坊っちゃん』という作品の中で、なぜ二人の人間関係をこのように描いたのだろうか。結論を言えば、漱石の幼少時代の家庭経験と宗教的体験に基づいた人間観を表現したかったのではないかと思う。

坊っちゃんと清のような人間関係は、仏の説く「人生は苦なり」「四苦八苦」という娑婆世界の在りようからは到底体験できる事柄ではないが、二人の人間関係は、形而下の煩悩の世界とは次元の異なる形而上の在りようだ。この二つは全く別の次元ではあるが、形而下の在りようを離れて、形而上の在りようはないから、やはり彼岸の世界の在りようではなく、この岸の在りようだと位置付けたい。

主人公が、家庭内で両親から嫌われ、兄からも疎んじられながらも生きてこれたのは、ひとえに清の存在があったからだ。清は主人公にとって両親の代わりであった。本来なら、子供は親によって守られる。だが、この家庭では、両親は主人公に愛情を注がなかった。これは子供にとって悲惨である。

この悲惨さを救ってくれたのが清である。主人公の行為が親の怒りに触れた時、主人公のために弁護し、かばってくれた。父親の怒りに触れて勘当されそうになった時、清の一言で勘当を免れた。両親に隠れておやつをくれたり、小遣を渡したのも清である。清は人の苦しみを見ると救わずにはおれない、母性と正義感の人である。清の無縁の愛情が主人公を救ったのだ。

主人公は、物理学校を卒業後、校長の推薦で四国の中学校へ数学の教師として奉職するが、ここでは対教師、対生徒といった人間関係で苦労する。心を許せたのは同僚の数学教師山嵐だけである。特に教頭の赤シャツとの関係は最悪だった。赤シャツは当初、懐柔政策で主人公を味方に取り込もうとするが、赤シャツの悪辣さに気付いて離れていくと、例の喧嘩事件をでっち上げて四国新聞にガセネタを流し、職場の人間関係に嫌気がさした主人公を辞職させてしまう。

うらなり君という英語の教師の婚約者で、町一番の美形マドンナに横恋慕して、うらなり君の財政が不如意になると、赤シャツが裏から手を回して手名付ける。

筋の通らないことが嫌いな主人公と山嵐は、赤シャツが芸者通いをしていることを知り、その現場を押さえて制裁を加え、校長に辞表を送りつけて、それぞれの郷里、会津と東京に帰ってしまう。清と暮らしたいと思っていた主人公にとっては、図らずも訪れた好機でもあった。思いのほか早く再会できたことを清も喜ぶ。

清の晩年、二人は幸せに過ごすが、清にはさらに欲があって、主人公の寺の墓地に埋葬してもらう。彼女は、息子のような主人公と来世も共に生きることを願っているのだ。清は主人公に現未二世にわたって、いや未来永劫、慈愛を注ぎたいのである。この清の思いに漱石の仏教思想を窺うことができる。

あとがき

この本を上梓するにあたり、ご援助をいただいた皆様にまとめてお礼を申し上げる。

まず、資料として引用させていただいた新潮文庫『坊っちゃん』の出版社、新潮社に感謝したい。

原稿を読んで感想を述べ、執筆を励ましてくれた長男の公郁君に労を謝したい。

本書を出版してくださった風詠社の大杉剛氏、校正を担当された藤森功一氏にもお礼を申し上げたい。おかげをもって、この書が日の目を見ることができたのである。

竹本　公彦（たけもと きみひこ）

1939年　福岡県生まれ
東京大学文学部卒業　アジア思想専攻
東京大学人文科学研究科修士課程修了　アジア文化専攻
著書
「のんびり生きろよちびっこ紳士」―佃公彦の世界　西日本新聞社刊
「フジ三太郎の文化と人生哲学」―サトウサンペイ論　風詠社刊
「天台学者の浄土思想」　中央公論事業出版社刊
「三四郎と東京大学」―夏目漱石を読む―　風詠社刊
「現在の新聞漫画を読む」風詠社刊
「天台学」―仏の性善悪論　風詠社刊

「坊っちゃん」―夏目漱石の世界―

2019年4月13日　第1刷発行

著　者　竹本公彦
発行人　大杉　剛
発行所　株式会社 風詠社
〒553-0001　大阪市福島区海老江5-2-2
大拓ビル5 - 7階
TEL 06（6136）8657　http://fueisha.com/
発売元　株式会社 星雲社
〒112-0005　東京都文京区水道1-3-30
TEL 03（3868）3275
装幀　2 DAY
印刷・製本　シナノ印刷株式会社

ISBN978-4-434-25886-2 C0095